Ingeborg Bachmann
Der gute Gott von Manhattan

PIPER

Zu diesem Buch

Ingeborg Bachmann gehört zu den Schöpfern des modernen Hörspiels als selbstständige literarische Form. »Der gute Gott von Manhattan«, das berühmteste ihrer Hörspiele, entstand 1957 und erhielt 1959 den Hörspielpreis der Kriegsblinden. »Eine Dichtung, die uns das Herz trifft und die Urteilskraft entzückt«, schrieb Werner Weber über dieses Gleichnis unserer Zeit, in dem vor Gericht das Schicksal zweier Liebender aufgerollt wird.

Ingeborg Bachmann, am 25. Juni 1926 in Klagenfurt geboren. Lyrikerin, Erzählerin, Essayistin. 1952 erste Lesung bei der Gruppe 47. Preise: Bremer Literaturpreis, Hörspielpreis, Georg-Büchner-Preis, Großer Österreichischer Staatspreis, Anton-Wildgans-Preis. Sie lebte nach Aufenthalten in München und Zürich viele Jahre in Rom, wo sie am 17. Oktober 1973 starb.

Ingeborg Bachmann

Der gute Gott von Manhattan

Hörspiel

PIPER

Mehr über unsere Autorinnen, Autoren und Bücher:
www.piper.de

Von Ingeborg Bachmann liegen im Piper Verlag vor:

Das Honditschkreuz
Die kritische Aufnahme der Existentialphilosophie Martin Heideggers (Dissertation)
Anrufung des großen Bären
Die gestundete Zeit
Der gute Gott von Manhattan
Frankfurter Vorlesungen
Das dreißigste Jahr. Erzählungen
Simultan. Erzählungen
Die Hörspiele
Werke (4 Bände)
Sämtliche Erzählungen
Die Wahrheit ist dem Menschen zumutbar
Sämtliche Gedichte
Liebe: Dunkler Erdteil
Bilder aus ihrem Leben
Das Buch Franza
Requiem für Fanny Goldmann
Ich weiß keine bessere Welt. Gedichte
Briefe einer Freundschaft (mit Hans Werner Henze)
Kritische Schriften
Briefe 1936–1968 (mit Heinrich Blücher)
»Male oscuro«
Das Buch Goldmann

Textgrundlage: Werke, Band 1, herausgegeben von Christine Koschel, Inge von Weidenbaum, Clemens Münster, Piper Verlag, München 1982, 3. Auflage 1993.

Ungekürzte Taschenbuchausgabe
ISBN 978-3-492-27212-4
1. Auflage Juni 2011
9. Auflage Oktober 2023

Umschlaggestaltung: semper smile, München
Umschlagabbildung: Wolgensinger
Satz: Eberl & Koesel Studio, Kempten
Gesetzt aus der Joanna
Druck und Bindung: CPI books GmbH, Leck
Printed in the EU

Personen

Der gute Gott

Der Richter

Jan, ein junger Mann aus der alten Welt

Jennifer, ein junges Mädchen aus der neuen Welt

Billy } zwei Eichhörnchen
Frankie }

Ein Wärter

Ein Gerichtsdiener

Eine Zigeunerin

Ein Bettler

Eine Frau

Ein Portier

Ein Liftboy

Zeitungsverkäufer

Ein Polizist

Zwei Kinder

Ein Barmann

und Stimmen, monoton und geschlechtslos

Im Gerichtssaal

Der Ventilator ist angestellt, denn es ist Hochsommer.

GERICHTSDIENER *vom Eingang her in den Raum sprechend*
Euer Gnaden …

RICHTER
Ja?

GERICHTSDIENER
Darf der Angeklagte hereingebracht werden?

RICHTER
Ja. Und stellen Sie bitte den Ventilator ab.

GERICHTSDIENER
Mit Verlaub. Bei dieser Hundehitze?

RICHTER
Stellen Sie ihn ab!

Die Tür öffnet sich; ein Wärter tritt mit dem Angeklagten ein.

WÄRTER
Euer Gnaden, der Angeklagte! *Gedämpft.* Hierher. Sie haben stehenzubleiben während dem Verhör, verstanden?

Der Ventilator dreht sich langsamer und bleibt stehen.

RICHTER *mit veränderter Stimme*
Setzen Sie sich!

WÄRTER *leise, eifrig*
Setzen! Setzen Sie sich. Es ist erlaubt.

RICHTER

Und Sie können gehen, Sweeney. Auch Sie, Rossi.

WÄRTER

Wie Sie befehlen.

GERICHTSDIENER

Danke, Euer Gnaden.

Die beiden Männer verlassen den Raum. Es ist einen Augenblick lang still. Der Richter blättert in den Papieren.

RICHTER *undeutlich sprechend, während er einige Eintragungen macht*

New York City, den … August, neunzehnhundertund … fünfzig … *Dann rascher, mit klarer, gleichgültiger Stimme.* Sie heißen? Sie sind geboren? Wann? Wo? Hautfarbe? Statur? Größe? Religiöses Bekenntnis? Durchschnittlicher Alkoholkonsum? Geisteskrankheiten …

ANGEKLAGTER

Ich wüßte nicht.

RICHTER *im gleichen Ton fortfahrend*

Verdächtigt des Mordes an …

ANGEKLAGTER

An?

RICHTER *freundlich, ohne Absicht*

Mörderisch, diese Hitze. So heiß war es noch in keinem Sommer. Erinnern Sie sich? Nur vor sechs Jahren, als Joe Bamfield und Ellen … Ellen …

ANGEKLAGTER

Ellen Hay.

RICHTER

Richtig. Als beide getötet wurden durch eine Bombe. Damals war es ähnlich heiß.

ANGEKLAGTER

Ich erinnere mich.

RICHTER *entschuldigend*

Natürlich sind wir nicht hier, um uns über hohe Temperaturen zu unterhalten.

ANGEKLAGTER

Ich will es hoffen.

RICHTER

Aber es wäre töricht, wenn ich Sie die Fragen beantworten ließe, auf die ich die Antworten schon weiß.

ANGEKLAGTER *herablassend*

Sie?

RICHTER *während er wieder eine Eintragung macht, nebenbei*

Es ist doch zum Beispiel richtig, daß Sie drei Zimmer in einem alten Haus an der Ecke der 63. Straße und der Fifth Avenue in der Nähe des Zoos bewohnten …

ANGEKLAGTER

Ah.

RICHTER

Verhaftet wurden Sie von den Polizeileuten Bondy und Cramer in der Hotelhalle des Atlantic Hotels, als Sie, kurz nachdem es geschehen war, dem Ausgang eilig zustrebten …

ANGEKLAGTER *ironisch*

Zustrebten!

RICHTER

Es ist doch richtig, daß Sie …

ANGEKLAGTER

Gewiß ist es richtig. Aber verzeihen Sie, daß ich auf die erste Frage zurückkomme. Sollten Sie auch wissen, wer ich bin?

RICHTER *nach einer kurzen Pause, zögernd, schüchtern*

Der gute Gott von Manhattan. Manche sagen auch: der gute Gott der Eichhörnchen.

ANGEKLAGTER *abwägend*

Der gute Gott. Nicht schlecht.

RICHTER *hastig*

In Ihrer Wohnung wurden drei Säcke mit Eichhörnchenfutter gefunden.

ANGEKLAGTER

Und beschlagnahmt? Schade. Ich war ein Geschäft für Manhattan. Oder haben Sie je jemand gesehen, der die vielen Automaten für Nüsse in den Untergrundbahnhöfen benützt hätte?

RICHTER

Sie haben diese Nüsse also für die Tiere gekauft. Sie sind Tierliebhaber? Es soll Länder geben, in denen diese Nagetiere scheu und unschuldig sind; aber sie sehen gemein und verdorben aus bei uns, und es heißt, sie seien mit dem Bösen im Bund. Oder sind Sie Tierhändler? Züchter? Ich mache Sie darauf aufmerksam, daß ich jetzt mit dem Verhör beginne.

ANGEKLAGTER

Ich weiß nicht, ob ich irgend jemands Neugier stillen kann. Was erwarten Sie von mir? Rechtfertigung? Im besten Fall könnte ich Sie aufklären. Aber wenn Sie einem alten Mann erlaubten, Ihnen einen Rat zu geben …

RICHTER

Es scheint, daß ich mich gut gehalten habe. Ich bin selber nicht mehr der Jüngste.

GUTER GOTT

Fangen Sie mit dem Anfang an oder mit dem Ende! Bringen Sie ein System in die Befragung. – Ich sehe, Sie haben mein Amt ausgeräumt und alle Karteikarten und Korrespondenzen vor sich. Bequemer können Sie es nicht haben. Meine Arbeit war langwieriger, minutiös, detektivisch, und ich hätte sie nicht ohne die Eichhörnchen machen können. Sie waren mein Nachrichtendienst, die Briefträger, Melder, Kundschafter, Agenten. Mehrere hundert waren mir untertan, und zwei von ihnen, Billy und Frankie, hatte ich als Hauptleute. Auf sie war wirklich Verlaß. Ich legte nie eine Bombe, ehe die beiden nicht den Ort gefunden und die Zeit errechnet hatten, an dem es todsicher, in der es todsicher …

RICHTER

Todsicher – was?

GUTER GOTT

… die treffen mußte, die gemeint waren.

RICHTER

Wer war gemeint?

GUTER GOTT

Oh! Sie wissen es nicht? *Neugierig.* Wie sehen Sie die Sache?

RICHTER

Ich sehe sie nicht mehr. Ich sah eine Kette von Attentaten gegen Menschen, die niemand bekümmert hatten, ausgeführt von einem unauffindbaren Wahnsinnigen.

GUTER GOTT

Ich dachte, Sie nähmen die Gutachten Ihrer Psychiater ernst.

RICHTER

Ich war nur dieser Meinung, ehe Sie mir als Urheber dieser Vorkommnisse bekannt waren.

GUTER GOTT

Urheber. Sehr gut. Der Urheber.

RICHTER

Die Erhebungen sind jetzt abgeschlossen. Mit Ausnahme des letzten Falles allerdings.

GUTER GOTT

Der letzte »Fall« – wie Sie ihn in Ihrem zweifelhaften Jargon zu nennen belieben – ist auch für mich nicht abgeschlossen. Ich wüßte gerne, da ich keine Gelegenheit hatte, meine Aufgabe wirklich zu Ende zu führen, was aus dem jungen Mann wurde, der entkommen ist.

RICHTER

Entkommen?

GUTER GOTT

Er dürfte nicht einmal verletzt worden sein.

RICHTER

Verletzt nicht. Aber ...

GUTER GOTT

Ist er nicht abgereist?

RICHTER

Gewiß. Er nahm sogar noch am selben Abend das Schiff nach Cherbourg.

GUTER GOTT

Ah! Sehen Sie: und dieser Mensch hatte geschworen, er werde das Schiff nicht nehmen, sondern leben und sterben mit ihr, sich Ungewißheit und Not überantworten, seine Herkunft und seine Sprache vergessen und mit ihr reden in einer neuen bis ans Ende seiner Tage. Und er nahm das Schiff, und er hat sich nicht einmal die Zeit genommen, sie zu begraben, und geht dort an Land und vergißt, daß er beim Anblick ihres zerrissenen Körpers weniger Boden unter sich fühlte als beim Anblick des Atlantik.

RICHTER

Ja, er hat dieses Mädchen nicht begraben.

GUTER GOTT

Nicht einmal begraben! Er verdient wirklich zu leben! – Aber ich werde Ihnen jetzt sagen, wie es kam. Wie heißt es? Die ganze Wahrheit und nichts als die Wahrheit. Ich bin auch Kronzeuge und werde bald den Angeklagten hinter mir zurücklassen.

RICHTER *unfreundlich*

Ich bin bereit.

GUTER GOTT

Es ist kaum zwei Wochen her, daß ich Nachricht erhielt von dem Vorfall auf dem Grand Central Bahnhof. Durch ein sehr untergeordnetes Tier, dessen Diensten ich noch nie Bedeutung beigemessen hatte und das erst seine Probezeit machte.

RICHTER

Was war geschehen auf dem Bahnhof?

GUTER GOTT

Nichts Besonderes. Gegen fünf Uhr nachmittag, kurz nachdem der Schnellzug aus Boston in der Unterwelt von Grand Central eingelaufen war und die Reisenden sich in den Hallen und vor den Ausgängen verliefen, als sie den rotglühenden und grünenden Pfeilen nachgingen, als die Orgelmusik aus den Wänden quoll – als alle Uhrzeiger liefen und das Licht ohne Unterlaß in den Röhren tanzte gegen die immerwährende Finsternis, waren zwei Neue angekommen. Das ist nichts Besonderes, könnte man meinen, und man soll's ruhig meinen. Und doch sind es der Ort, die Stellung eines Uhrzeigers, eine unglaubliche Musik, ein zitternder Zug auf einem Schienenstrang und ein Knäuel von Menschenstimmen, die möglich machen, daß es wieder beginnt.

RICHTER

Was beginnt?

GUTER GOTT *ganz in der Erinnerung*

Sie ging hinter ihm in Weiß und Rosa. Es waren so viele Stimmen da, und ihre war nichtig; es gab so viele Möglichkeiten, und diese war die unmöglichste, aber sie versuchte es.

STIMMEN

ohne Timbre, ohne Betonung, klar und gleichmäßig

GEHEN BEI GRÜNEM LICHT WEITERGEHEN
DENK DARAN SOLANGE ES ZEIT IST
DU KANNST ES NICHT MIT DIR NEHMEN
WEITERGEHEN SCHNELLER SCHLAFEN
SCHNELLER TRÄUMEN MIT UNS
WOLKENBRÜCHE NIEDERSCHLÄGE SCHNELLER
ERDBEBEN LEICHTER SICHERER
BEI GRÜNEM LICHT DENK DARAN
VORSICHT VOR DER ROTEN UND BRAUNEN
DER SCHWARZEN UND GELBEN GEFAHR
WAS SOLLEN SICH UNSRE MÖRDER DENKEN
DU KANNST ES NICHT HALT!
BEI ROTEM LICHT STEHENBLEIBEN!

Auf dem Grand Central Bahnhof

JENNIFER

Sie suchen den Ausgang?

JAN *zusammenhanglos, abwehrend*

Bitte?

JENNIFER

Ich dachte, weil ich Sie schon in Boston gesehen habe, daß Sie hier fremd sind.

JAN

Bemühen Sie sich nicht. Ich werde mich zurechtfinden.

JENNIFER

Wie hat Ihnen Boston gefallen?

JAN

Nun.

JENNIFER

Und New York. Mögen Sie New York?

JAN

Danke. Ich kenne es noch nicht.

JENNIFER

Ich saß im selben Waggon, die ganze Fahrt lang. Zwei Reihen hinter Ihnen. Sie waren bei unserem letzten Tanzfest in der Universität

JAN

Ja. Zufällig.

JENNIFER

Ich heiße Jennifer. Sie sahen einmal zu mir herüber, und ich dachte, Sie würden mit mir tanzen.

JAN

Ich kann nicht tanzen.

JENNIFER

Das habe ich Ihnen angesehen. *Wie auf einen Fragebogen antwortend.* Mir gefallen Europäer. *Zögernd.* Und was führt Sie nach New York?

JAN

Der Wunsch, abzureisen. Mir bleiben nur noch ein paar Stunden oder ein paar Tage bis zum nächsten Schiff.

JENNIFER

Das ist schrecklich. Müssen Sie zurück?

JAN

Ich muß nicht, aber ich will. Sagte ich es nicht schon?

JENNIFER *sprachlos*

Nein!

JAN *höflich*

Ja. Auf Wiedersehen. Es war mir ein Vergnügen.

JENNIFER

Dann werde ich in dieses fliederfarbene Taxi steigen. Und Sie können das weiß-blaue dahinter nehmen. Die beiden werden sich noch oft begegnen, auf dem Broadway und weiter oben in Bronx. Aber Sie werden nicht mehr darinnen sein und ich auch nicht.

JAN *nach kurzem Nachdenken*

Hören Sie –

JENNIFER

Jennifer.

JAN

Flieder steht Ihnen nicht. Wie alt sind Sie?

JENNIFER

Dreiundzwanzig.

JAN

Und was tun Sie?

JENNIFER

Ich studiere politische Wissenschaften, aber erst seit kurzem, und ich möchte mir auch die Welt ansehen. Ich kenne Hotels in Boston und Philadelphia und vielleicht bald in Paris, aber ich kenne keines in New York. Das ist verrückt, nicht wahr?

JAN

Ich bitte Sie.

JENNIFER

Ich könnte Ihnen also nicht einmal nützlich sein.

JAN

Dann können Sie auch mit mir kommen, weil es zu verrückt ist, daß Sie sich hier nicht auskennen. Ich kenne zwar auch kein Hotel, aber es kränkt mich nicht. Übrigens habe ich Hunger und muß zuerst etwas essen, ehe ich weiterdenke.

Menschen gehen vorüber, ein paar Stimmen schieben sich zwischen die beiden, und Jennifer geht ein paar Schritte weiter.

JAN

Jennifer! – So warten Sie doch! *Atemlos, näher.* Was tun Sie?

JENNIFER *atemlos*

Nüsse! Ich hole Nüsse aus dem Automaten, weil Sie hungrig sind. So macht man das –

Wenn sie den Hebel niederdrückt, löst er ein paar Takte Musik aus, eine Musik, die noch öfter zu hören sein wird.

JENNIFER

Die Musik dazu ist umsonst. Für ein Geldstück bekommt man Nüsse und Musik fürs ganze Leben.

JAN *belustigt*

Mein Gott, das sieht aus wie Eichhörnchenfutter.

JENNIFER

Sie sind ganz frisch. Das möchte ich beschwören. *Listig.* Und ich möchte beschwören, daß die Eichhörnchen ihr ganzes Geld hierhertragen, damit immer gutes Futter nachgefüllt wird.

JAN *heiter*

Wissen Sie, Jennifer, was ich gesehen habe? Ein Eichhörnchen. *Geheimnisvoll.* Und es hat mir einen Brief zugesteckt.

JENNIFER

Ach!

JAN

Darin steht: »Sag es niemand!«

JENNIFER

Und weiter?

JAN

»Du wirst diesen Abend mit Jennifer auf der himmlischen Erde verbringen …«

JENNIFER

Warum »himmlische Erde«?

JAN

Weil das ihr Name hier ist. Ma-na Hat-ta. So haben es mir die Indianer erklärt. Aber sie waren kostümiert und so echt wie die Büffel, die man auf den Rennbahnen das Laufen lehrte.

JENNIFER

Von wem kommt der Brief?

JAN

Ich kann die Unterschrift nicht lesen. *Kauend.* Die Nüsse sind sehr gut, aber wir müssen trotzdem etwas Vernünftiges essen. Was ist vernünftig?

JENNIFER

Italienisches und Chinesisches, Spanisches und Russisches. Die Artischocken schwimmen im Öl; es gibt bleichen Tee zu Schwalbennestern und Lauch zu den zarten Schlangen, und die Früchte aller Meere vor den Früchten aller Länder.

JAN

Ich hätte Lust auf Eisluft, weil es so warm ist, und einen Raum mit etwas Dämmerung, auf Schneehühner und ein Getränk, das aus Grönland kommt, mit Eisschollen darin. Und ich möchte Sie ein paar Stunden lang ansehn, kühle Schultern, kühles Gesicht, kühle runde Augen. Glauben Sie, daß das möglich ist?

JENNIFER

Ich glaube es fest.

In einer Nachtbar *dann* auf der Straße *später* in einem Stundenhotel

Die Musik erklingt und bricht ab.

JENNIFER *mit einer verlangsamten Stimme*

Es ist ja nicht wahr, daß du nicht tanzen kannst.

JAN

Komm, wir gehen.

JENNIFER

Meine armen Hände. Meine armen, armen Schultern. Bitte, tu das nicht. Tu mir nichts.

JAN

Es ist zwei Uhr früh.

JENNIFER

Wo sind wir denn? Warum singen denn die Kellner nicht mehr?

JAN

Trink nicht mehr! Das war früher. Hier singen die Kellner nicht.

JENNIFER

Warum nicht?

ZIGEUNERIN *hinzutretend, plötzlich*

Einen Augenblick. Schenken Sie mir einen Augenblick. Ihre Hand, Fräulein. Ich will Ihnen die Zukunft aus der Hand lesen.

JAN

Komm!

JENNIFER

Ja, die Zukunft. Warte! Sie will mir die Zukunft sagen. Zeig ihr auch deine Hand. Sie ist eine echte Zigeunerin: braun, rot und so traurig. Sind Sie echt, liebe Frau? – Nun?

ZIGEUNERIN

Ich kann nichts lesen in deiner Hand. Hast du dir wehgetan?

JENNIFER

Er war es. Er hat seine Nägel hineingeschlagen. Es tut noch sehr weh.

JAN

Jennifer!

JENNIFER

Nichts? Gar nichts?

ZIGEUNERIN

Ich könnte mich irren.

JAN *kalt*

Nicht möglich.

JENNIFER

Und seine Hand?

ZIGEUNERIN

Sie werden lange leben, junger Herr, und Sie werden nie vergessen.

JAN *ironisch*

Ich wagte es kaum zu hoffen.

JENNIFER *aufgebracht*

Aber Sie haben ja seine Hand nicht angesehen!

JAN

Beruhige dich. Zigeunerinnen genügt schon ein Blick in den Satz des Glases, aus dem man getrunken hat. In meinem schwimmt noch eine Zitronenschale. Das ist bezeichnend.

ZIGEUNERIN

Ja, und gute Nacht.

JENNIFER *leise*

Sie hat das Geld nicht genommen. – Weißt du, ich wüßte gern, wo ich überall war mit dir.

JAN

Für das Tagebuch? Für das Notizbuch?

JENNIFER

Ich glaube, es ist nichts für das Tagebuch.

JAN

Die frische Luft wird dir gut tun. Gib acht, es geht über drei Stufen.

JENNIFER

Zwei Uhr früh. Und wer sitzt hier noch auf den Stufen? Armer Mann, gehen Sie nicht schlafen?

BETTLER

Dank der Nachfrage. Denn was ein armer Mann wie Mack vermag …

JENNIFER

Sie sind Schauspieler?

BETTLER

Eingegangen in die schmerzensreiche Stadt und in die immerwährende Qual, verloren unter Verlorenen. Um eine kleine Gabe bitte ich für mich und meinesgleichen.

JENNIFER *flüsternd*

Ein Säckchen mit Nüssen habe ich, zwei Dollar und einen Schal. Nehmen Sie's.

BETTLER

In keinem Namen. Und vergelt's niemand. Wir sind zu

viele hier, Fräulein, in der Bettlerstadt. Haben keine Farbe. Neiden den Weißen und Schwarzen die Haut. Endstation Bowery. Aber Sie gehören in die Hochbahn mit Ihrem Kavalier, eh sie abgerissen wird. Hier stinkt alles zu sehr zum Himmel. Die Station ist links um die Ecke. Wünsche wohl zu ruhen.

JENNIFER

Danke. *Im Gehen, aufatmend.* Mein Kavalier. Ich bin zu müde, um heimzufahren. Gehen wir.

JAN

Spätestens um zehn muß ich morgen ... Verzeih. Wir gehen jetzt ins erste Hotel, das wir finden. Ist es dir recht?

JENNIFER

Sag mir noch einmal etwas über meine Augen!

JAN

Ich glaube, es hat keinen Sinn, noch lange zu suchen. So spät.

JENNIFER

Oder über meinen Mund. Wie war das? Du hast mit dem Strohhalm meine Lippen berührt, und mit deinem Knie meine Knie ... Und dann sagtest du:

JAN

Pas d'histoire.

JENNIFER

Nein.

JAN

Dann sage ich dir jetzt, daß ich es schätzen würde, wenn du keine Geschichten machtest.

JENNIFER *fröstelnd*

Laß uns noch weitergehen, lange gehen.

JAN

Es ist bald Morgen, mein Kind. Was tust du denn sonst um die Zeit?

JENNIFER

Schlafen. Aber am Wochenende, wenn es ein Tanzfest gibt, bleibe ich auch solange auf. Und Artur küßt mich zur Guten Nacht, oder Mark, oder Truman. Hast du Truman nicht gesehen? Er war damals mit mir und ist sehr, sehr nett. Du mußt mich jetzt auch zur Guten Nacht küssen.

JAN

Es ist etwas für Truman oder Mark.

JENNIFER

Du mußt natürlich nicht. Sag es niemand. *Sie bleiben stehen.* Was willst du denn hier, in diesem fürchterlichen Haus?

JAN

Sei vernünftig.

Sie gehen ins Haus.

FRAU *mit schläfriger, unangenehmer Stimme*

Wünschen?

JAN

Haben Sie noch ein Zimmer frei?

FRAU

Nur noch hier unten. Nummer eins. Bezahlt wird im voraus. Der Schlüssel. Bis Mittag räumen.

Sie gehen, ohne zu sprechen, durch den Korridor, er sperrt die Zimmertür auf und dann ab, wenn sie eingetreten sind.

JENNIFER

Man geht nicht mit einem Fremden in ein Hotel, nicht wahr?

JAN

Mir sind diese Redensarten bekannt.

JENNIFER

Oh, diese furchtbare Luft. Nicht einmal einen Ventilator gibt es.

JAN

Ist das so schlimm?

JENNIFER

Nein. Aber ich kann doch jetzt nicht, kann nicht. Ich weiß ja nichts von dir. Oh, bitte, erzähl mir etwas von dir. Laß uns reden und überlegen.

JAN

Zieh dich aus!

JENNIFER *weinerlich*

Meine armen Hände. Meine armen, armen Hände. Sieh sie dir bloß an.

JAN

Hast du mich nicht aufgefordert zu allem? Es ist mir noch nie in den Sinn gekommen, jemand so weh zu tun.

JENNIFER

Wenn wenigstens das Zimmer nicht so schmutzig und finster wäre – etwas für Fliegen, für Schaben als Aufenthalt.

Und ich selbst bin schmutzig von feuchter Zuckerluft. Schmeckst du den Sirup in der Luft?

JAN *wärmer*

Du bist sehr süß, Jennifer. Denk nicht daran, mach die Augen zu. *Hält inne, dann mit einer nur geringen Ironie.* Ach nein, sagte ich: »süß«?

JENNIFER *zitternd*

Ja.

JAN

Ich wollte etwas ganz anderes sagen. Man denkt nämlich nichts mehr dabei, weißt du? In Wahrheit denke ich, daß ich morgen früh aufs Schiffsbüro muß.

JENNIFER

Was hat die Zigeunerin bloß gesagt?

JAN

Etwas anderes als der Graphologe, der vor ihr an unseren Tisch kam. Deine zu kräftigen Unterlängen lassen auf Sinnlichkeit schließen, meine zu engen Großbuchstaben darauf, daß ich etwas verberge, und die fliegenden T-Striche auf kühne Phantasie. Bei gutem Willen und passenden Tierkreiszeichen ist harmonische Partnerschaft nicht ausgeschlossen. Aber, süße Jennifer, was für eine kurze Nacht werden wir beenden, ohne zu wissen, welch lange Tage der andere beendet hat!

JENNIFER *tonlos*

Soll ich das Licht abdrehen?

JAN

Dreh es ab. Und glaub mir, ich möchte dich ja gerne mit

Schnee überschütten, damit du noch kühler wirst, als du warst, und noch mehr bedauerst. Auch ich werde es vielleicht bedauern oder vergessen im besten Fall. Man weiß so wenig vorher. Auch nachher. Eine Nacht ist zuviel und zuwenig.

JENNIFER *vorbeiredend*

Ich könnte das Radio einschalten. Es muß noch ein Nachtprogramm geben. Immer, wenn ich nach Hause komme, höre ich noch Musik, vorm Einschlafen. Das ist sehr schön.

JAN

Musik? Meine liebe Jennifer, jetzt wirst du keine hören – *und doch beginnt jetzt die Musik leise* – denn ich werde es nicht dulden.

JENNIFER *unter Tränen*

Nein? Du bist furchtbar. Warum? Warum tust du das? Warum, warum, warum?

JAN

Warum küßt du mich aber? Warum?

Die Musik, die lauter geworden ist, endet, und es ist einen Augenblick lang still.

JAN

Jennifer! Wachen Sie auf! Ich bitte Sie.

JENNIFER *schlaftrunken*

Wie spät ist es?

JAN

Zwölf Uhr. Ich müßte schon längst …

JENNIFER *begreifend*

Längst. Natürlich.

JAN

Es sieht nur noch wie Nacht aus hier. Ein Fenster unter Tag. Ein Lichthof ohne Licht. Übrigens hatten Sie recht mit dem Schmutz.

JENNIFER

Gehen Sie doch. Ich habe nicht verlangt, daß Sie auf mich warten. Sie werden Ihre Schiffskarte nicht mehr bekommen und das Schiff verlieren.

JAN

Sprechen Sie nicht so, Jennifer. Sie waren reizend, und ich habe Ihnen zu danken.

JENNIFER *verändert, aufrichtig*

Das ist schauerlich, nicht wahr?

JAN

Was?

JENNIFER

Im Dunkeln und so tief, tief unten zu erwachen. Mit diesem Geschmack im Mund.

JAN

Wir werden frühstücken gehen, und dann werden Sie sich besser fühlen.

JENNIFER

Nichts werde ich – und nichts mehr fühlen.

JAN *gequält, vorsichtig*

Wenn du dich anziehen wolltest, Liebling. Wir können dann in Ruhe darüber sprechen. Wenn wir nur erst fort wären von hier!

JENNIFER

Geben Sie mir die Kleider. Sie dürfen sie anrühren. Sie müssen sich auch nicht abwenden. *Kalt.* An welche neue Höflichkeit und Distanz wollen Sie mich gewöhnen?

JAN

Es tut mir leid.

JENNIFER

Obwohl ich so reizend gewesen bin?

JAN *mit Wärme*

Verzeih, bitte. Ich hätte es wissen müssen.

Es wird an die Tür geklopft.

FRAU *von draußen*

Räumen Sie das Zimmer oder bleiben Sie?

JAN

Wir sind im Gehen.

FRAU

Aber dalli dalli. *Entfernter.* Wann sollen wir aufräumen. Unerhört! Mittag vorbei. Da sollte man doch …

STIMMEN

WEITERGEHEN BEI GRÜNEM LICHT WEITERGEHEN
VERTRAUEN SIE UNS GESTEHEN SIE UNS
WARUM NICHT GENUSS OHNE REUE
SAGT ES ALLEN, SAGT ES DER WELT
VORMERK AUF SONNEN EIN KONTO AM MOND
TRAUMSTOFF DICHTER LICHTER BRENNBARER
IHR LETZTES HEMD DER WEG ALLER DINGE
WARUM GEBEN SIE ANDERN DIE SCHULD

PULVERT AUF SPORNT AN BERAUSCHT
IN DIE BREITE GEHEN IN DIE FERNE SEHEN
DENK DARAN BEI ROTEM LICHT:
STEHENBLEIBEN! DU KANNST ES NICHT –

JAN
Ein Brief vom Eichhörnchen?

JENNIFER *endgültig*
Kein Brief vom Eichhörnchen.

Im Gerichtssaal

GUTER GOTT
So fing es an.

RICHTER
Es sieht nach Ende aus.

GUTER GOTT
Sie verstehen nicht. Jetzt war die Gefahr im Verzug, und ich witterte, daß es wieder einmal angefangen hatte. Von diesem Augenblick an erst machte ich mich an die Verfolgung.

RICHTER
Was war da zu verfolgen? Ich kann nichts Ungewöhnliches drin sehen, daß ein junger Mann auf Reisen – *räuspert sich* – ein kleines Abenteuer sucht und findet. Reisebekanntschaften. Das Übliche. Nicht sehr gewissenhaft, etwas leichtfertig. Aber ein Fall wie viele Fälle.

GUTER GOTT

Kein Fall. Der Tag war da. Die Nachtfiguren versanken.

RICHTER *tastend*

Sie sind ein Moralist? Empören sich darüber?

GUTER GOTT

Oh nein. Ich habe nichts gegen die Leichtfertigen, die Gelangweilten oder Einsamen, denen Pannen unterlaufen. Das will ja nicht allein sein und sich die Zeit vertreiben. Aber merken Sie nicht, daß *es* anfing? Und hören Sie, wie es anfing. Er sagte: »Ein Brief vom Eichhörnchen?«, denn es war da eine kleine Unsicherheit in ihm. Er hätte nicht so fragen sollen. Sie antwortete: »Kein Brief vom Eichhörnchen.« Und er – denn sie hätte niemals so antworten dürfen – fragte weiter:

Weiter im Hotel.

JAN

Hunger?

JENNIFER *unsicher*

Ist das so wichtig jetzt?

JAN

Ja.

JENNIFER

Hunger.

JAN

Auf frischen Kaffee und weißen Toast und Orangensaft?

JENNIFER

Riesigen Hunger. Auf alles.

Weiter im Gerichtssaal.

GUTER GOTT

Bei diesen Worten sah sie ihn wieder an, und der Tag war da.

RICHTER *während er Blätter umwendet*

Sie gingen also frühstücken. Von der Cafeteria aus telefonierte er mit der Schiffahrtsgesellschaft, die ihm mitteilte, daß er am nächsten oder übernächsten Tag nochmals anfragen solle, da man ihm noch keinen Platz auf der Ile de France garantieren könnte.

GUTER GOTT

Der Tag war da. In allen Senkrechten und Geraden der Stadt war Leben, und der wütende Hymnus begann wieder, auf die Arbeit, den Lohn und größren Gewinn. Die Schornsteine röhrten und standen da wie Kolonnen eines wiedererstandenen Ninive und Babylon, und die stumpfen und spitzen Schädel der Gigantenhäuser rührten an den grauen Tropenhimmel, der von Feuchtigkeit troff und wie ein unförmiger ekliger Schwamm die Dächer näßte. Die Rhapsoden in den großen Druckereien griffen in die Setzmaschinen, kündeten die Geschehnisse und annoncierten Künftiges. Tonnen von Kohlköpfen rollten auf die Märkte, und Hunderte von Leichen wurden in den Trauerhäusern manikürt, geschminkt und zur Schau gestellt.

Unter dem Druck hoher Atmosphären wurden die Abfälle vom vergangenen Tag vernichtet, und in den Warenhäusern wühlten die Käufer nach neuer Nahrung und den Fetzen von morgen. Über die Fließbänder zogen die Pakete, und die Rolltreppen brachten Menschentrauben hinauf und hinunter durch Schwaden von Ruß, Giftluft und Abgasen.

Der wilde Sommer flog in neuen Farben auf den Lack der Autokarosserien und auf die Hüte der Frauen, die die Park Avenue herunterschwebten, an die glänzenden Hüllen für Reis und Honig, Truthahn und Krabbe.
Und die Menschen fühlten sich lebendig, wo immer sie gingen, und dieser Stadt zugehörig – der einzigen, die sie je erfunden und entworfen hatten für jedes ihrer Bedürfnisse. Dieser Stadt der Städte, die in ihrer Rastlosigkeit und Agonie jeden aufnahm und in der alles gedeihen konnte! Alles. Auch dies.

RICHTER
Verbrechen. Mord.

GUTER GOTT *zurücknehmend*
Ich dachte an noch etwas anderes.

RICHTER *knapp*
Nun gut. Die beiden verließen also nach dem Telefonat die Cafeteria und begaben sich mit der Untergrundbahn in die 125. Straße nach Harlem. Sie besuchten dort eine Bar, in der sie zum Andenken zwei Plastikquirls mitnahmen, und zuletzt eine Kirche, aus der sie zwei Pappfächer mit Darstellungen aus dem Leben der heiligen Katharina von Siena entwendeten. In einem Grammophongeschäft wurden sie dabei getroffen, wie sie in Gesellschaft einiger Neger populäre Musikstücke anhörten, worauf sie sich, dem Rat eines Reisebüros folgend, in die Lexington Avenue begaben und ein Zimmer im Atlantic Hotel bezogen.

GUTER GOTT
Da ist noch eine Kleinigkeit, die ich nicht gern unter den

Tisch fallen sehen möchte. Die Sache mit dem Stockwerk. Falls Ihnen wirklich an einer Klärung liegt.

RICHTER
Die Sache mit denn Stockwerk?

Halle des Atlantic Hotels

PORTIER
Im 7. Stock habe ich noch 307 frei, mein Herr. Nach dem Hof. Daher sehr ruhig.

JENNIFER *leise zu Jan*
Kein Blick auf die Straße? Nicht höher oben?

JAN *zum Portier*
Nichts zu machen? Wirklich nichts?

PORTIER
Tut mir leid. Wenn Sie länger bleiben, kann ich Sie vormerken für die Straßenseite, weiter oben. Man kann allerdings nie wissen.

JAN
Wir wissen auch nicht – ob wir dann noch da sind. Aber denken Sie an uns. *Im Gehen zu Jennifer.* Bist du traurig?

JENNIFER
Nein, denn es ist so schon besser, und es wird uns nichts kümmern.

LIFTBOY
Zur Auffahrt hierher, bitte.

Der Lift fährt ab.

JENNIFER *in das Fluggeräusch hinein, selig*

Auffahrt! Was für eine Auffahrt! Meine Ohren spüren's. Und du wirst sehen, was es oben gibt: eine Luftmaschine mit kalter Luft, viel Wasser und Sauberkeit jede Stunde.

Der Lift hält. Sie gehen über den Korridor zum Zimmer.

JAN

Ich werde neugierig auf dein nasses Haar und deinen nassen Mund, deine Wimpern voll Tropfen. Du wirst ganz hell und weiß und vernünftig sein, und wir werden einander nichts vorwerfen.

JENNIFER

Wenn dein Schiff fährt, wird es fahren. Wenn ich winken muß, werde ich winken. Wenn ich dich zum letzten Mal küssen darf, werde ich es tun, rasch, auf die Wange. Sperr auf.

Im Zimmer des 7. Stockwerks

JAN

Ja, gelehrige, eifrige Jennifer. Weil ich aber so mißtrauisch bin, wirst du noch genauer geprüft. Sag: wann ist morgen?

JENNIFER *genau*

Frühestens morgen.

JAN

Und heute?

JENNIFER

Spätestens heute.

JAN

Jetzt?

JENNIFER *langsam, ihn umarmend*

Gleich jetzt.

Im Gerichtssaal

RICHTER

Es kam also doch wieder zu Intimitäten.

GUTER GOTT

Nein, nein! Davon kann nicht die Rede sein. Unterlassen Sie diese lächerlichen Ausdrücke. – Es war eine Vereinbarung auf Distanz.

RICHTER

Kommen wir zur Sache!

GUTER GOTT

Aber diese Distanz kann nicht ganz gewahrt werden. Sie bekommt Bruchstellen. Da war zum Beispiel dieses Lachen. Ja, es fing genau genommen damit an. *Finster.* Mit diesem unbeschreiblichen Lächeln. Ohne Grund, meint man, lachen die.

RICHTER

Wer lacht?

GUTER GOTT

Die, bei denen es anfängt.

RICHTER

Irrsinn.

GUTER GOTT *heftig zustimmend*

Irrsinn. Ja! Sie lachen in der Öffentlichkeit und doch unter deren Ausschluß. Oder lächeln Vorübergehende an, nur so, mit einer Andeutung, wie Verschwörer, die andere nicht wissen lassen wollen, daß die Spielregeln bald außer Kraft gesetzt werden. Dieses Lächeln steht da wie ein Fragezeichen, aber ein sehr rücksichtsloses.

RICHTER

Und wenn schon. Damit wird nichts angerichtet.

GUTER GOTT

Doch. Sie fangen an, wie ein glühendes Zigarettenende in einen Teppich, in die verkrustete Welt ein Loch zu brennen. Mit diesem unentwegten Lächeln.

RICHTER

Zur Sache!

GUTER GOTT

Gegen Mitternacht standen sie auf. Natürlich ist das eine Zeit, in der außer Bankräubern, Barmädchen und Nachtwächtern niemand aufsteht. Sie gingen zur Brooklyn-Brücke.

RICHTER

Richtig. Zur Brücke. – Warum?

GUTER GOTT

Kein Warum. Sie gingen hin und dort standen sie, an die Traversen gelehnt, um eine Weile zu schweigen, und dann redeten sie wieder.

Im Freien

JAN *spielend, heiter*

Wenn du mitkommst bis in die Chinesenstadt, kaufe ich dir ein Drachenhemd.

JENNIFER

So bin ich beschützt.

JAN

Wenn du mitkommst bis ins Village, stehle ich für dich eine Feuerleiter, damit du dich retten kannst, wenn es brennt. Denn ich will dich noch lange lieben.

JENNIFER

So bin ich gerettet.

JAN

Wenn du mitgehst nach Harlem, kaufe ich dir eine dunkle Haut, damit dich keiner wiedererkennt. Denn ich allein will dich lieben und noch lange.

JENNIFER *aus der Rolle fallend*

Wie lange?

JAN

Spiel, Jennifer! Frag nicht: wie lange? Sondern sag: so bin ich geborgen.

JENNIFER *aufatmend*

So bin ich geborgen.

JAN

Und wenn du mich begleitest durch Bowery, schenke ich dir die langen Lebenslinien von Bettlerhänden, denn ich will dich noch alt und hinfällig lieben.

JENNIFER *ausbrechend*

Ein Brief vom Eichhörnchen! Endlich wieder ein Brief vom Eichhörnchen!

JAN

Was steht darin!?

JENNIFER

»Sag es niemand. Heute nacht erwartet dich Jennifer auf dem Broadway unter dem Wasserfall aus Pepsi Cola neben dem großen Rauchring von Lucky Strike.«

JAN

Ich sag es niemand.

JENNIFER

Wirst du kommen?

JAN

Komm! Denn ich komme ja schon.

Im Gerichtssaal

GUTER GOTT

Jetzt waren sie beim Spielen. Spielten: Liebe. Sie spielten es überall, in den dunklen Straßenecken und den dämmrigen Bars am Broadway, unter den zuckenden Lichtkreiseln der 42. Straße vor den Kinopalästen, im Strahlenregen künstlicher Sonnen und Kometen. Aber es erging ihnen beim Spiel wie beim Lachen. Sie verstießen gegen jeden vernünftigen Brauch, den man davon machen kann.

RICHTER *pedantisch*

Gegen fünf Uhr früh kamen sie zurück ins Hotel.

GUTER GOTT

Müde und ausgewaschen von zuviel Trunkenheit und Weltvergessen. Sie gingen nebeneinander her und blickten vor sich hin, weiter entfernt voneinander als im Spiel, im Lachen, im Schlaf. Dann die stummen Umarmungen oben, stumme Pflichten, getan ohne Auflehnung, noch unter dem Gesetz. Aber nicht lange mehr. Nicht mehr lange.

RICHTER *unwillig*

Diese Wühlarbeit ist ganz und gar sinnlos. Kein Motiv kommt zutage. Die Vorgänge beweisen mir gar nichts. Und ich will endlich Ihr Motiv kennenlernen. Entrüstung? Nein. Neid?

GUTER GOTT

Geben Sie mir Zeit. Ich bin guten Willens.

RICHTER *kalt*

Ein guter Gott spricht so.

GUTER GOTT

Ich war lange guten Willens, auch damals noch. Sie werden mir nicht glauben, aber ich gab ihnen jede Chance.

Am dritten Tag hatte der Portier noch immer kein anderes Zimmer frei. Nachmittags fuhren sie im Zentralpark mit einer Pferdekutsche herum und gerieten in eine Parade. Die Tambourmajorinnen tänzelten davor her und schwangen ihre Beine hoch, unverwüstlich jung und straff, Balletteusen des Asphalts, die für die Kriegsopfer und die Kriegsgewinnler ihr Rad schlagen. Die Bänder kränzten die Baumwipfel, die Autodächer und Menschenköpfe; die Kinder jubelten, und die Eichhörnchen thronten auf den Resten des Rasens. Sie steckten ihr Reich ab mit weggeworfenen Nußschalen, und wo die Buden und Automaten zusammenrückten neben den Seerosen des Teichs, waren ein paar Bretter aufgestellt, ein Vorhang gezogen, und für fünf Cents konnte jeder einmal hineingehen und ein Theater erleben, das nicht seinesgleichen hat. Die Sprecher, die die Puppen an den Drähten zogen, waren Billy und Frankie, die beiden Eichhörnchen. Denn meine heiseren, blutrünstigen Hauptleute liebten in ihrer freien Zeit nichts so sehr, wie den Leuten grausige Spektakel in den schönen Worten, die unsere Dichter dafür gefunden haben, vorzuführen. Wenn ein Dutzend Zuschauer sich gefunden hatte, schloß man hinter ihnen den Vorhang. Zwei andere Eichhörnchen hängten ihre Krallen in den Stoff und griffen ins Holz. Lebendige Haken. Drinnen war es dunkel, nur der Boden der kleinen Bühne glänzte, von Phosphor bestrichen, für Leichen gerichtet, und das Programm mit Hinweisen wurde verkündet von den beiden Akteuren, deren Stimmen aus dem Hinterhalt kamen.

Im Theater

FRANKIE

Für nur fünf Cents: fünf der schönsten Liebesgeschichten der Welt!

BILLY

Orpheus und Eurydike.

FRANKIE

Tristan und Isolde.

BILLY

Romeo und Julia.

FRANKIE

Abälard und Heloïse.

BILLY

Francesca und Paolo.

FRANKIE

Zur Hölle mit ihnen. Zur Hölle!

BILLY

Bist du still! *Lauter.* Und nun Näheres zum ersten Stück. Die Versteinerung der geliebten Eurydike und ihr trauriges Ende im Totenreich. Orpheus, der Sänger, zerrissen von verrückten Weibern, und die Klage der schönen Natur am Ende.

FRANKIE

Tot. Zerrissen. Zu Ende!

BILLY

Tristan und Isolde – Stück von einer langhaarigen Königin und ihrem Helden, einem wirksamen Zaubertrank, einem schwarzen Segel im rechten Augenblick und einem langen schmerzhaften Sterben.

FRANKIE *außer sich*

Zur Hölle mit ihnen!

BILLY

Das kommt doch später, du Narr. Und gleich darauf das

süße Sterben des schönen Romeo und seiner Julia im dunklen Verona. Mit Grüften, alten Mauern, einem Mond und viel Feindlichkeit als Versatzstücken.

FRANKIE

Bravo. Die Dolche nicht zu vergessen!

BILLY

Ein Abstecher ins frühe Frankreich. Abälard und Heloïse.

FRANKIE *fängt leise und schauerlich zu lachen an*

Oh, Billy, ich kann nicht ernst bleiben bei den beiden. Was für eine tolle Liebe, und wie wird Heloïse schmachten! Oh, wie peinlich wird das sein. Es juckte mich schon immer so, wenn die stolze Titania den Esel umarmte. Aber das erst. Oh, das ist zum Sterben. Zur Hölle mit ihnen!

BILLY

Die Hölle kommt erst am Ende!

FRANKIE

Ich weiß: Paolo und Francesca. Aber es amüsiert mich so.

BILLY

Meine Damen und Herren! Zwei Liebende, wieder im fernen Italien, ein Lesebuch und seine Verführung als Hintergrund und das Inferno als Ausblick.

FRANKIE

Sagte ich nicht: Zur Hölle mit ihnen!?

BILLY

Fürchten Sie sich nicht. Sie werden viel Blut sehen, riechen und schmecken. Schreie, Schwüre –

FRANKIE

Und die Hölle!

BILLY

Und Sie werden geradewegs in die Hölle blicken. Das ist unser bescheidenes Programm für heute. Die Vorschau auf morgen: das furchtbare Lieben und Sterben von einigen anderen Paaren, überliefert durch Chroniken, bekannte Schauerstücke und Zeitungen, aus aller Herren Länder wie den indianischen Totentälern, dem bestialischen Rheinland und dem stinkenden Venedig, die vorzügliche Kulissen abgaben für die Entwicklung schöner Gefühle.

FRANKIE

Und jetzt alles herhören, alles hersehen!

Die Musik erklingt, als hätte sie ein Zeichen für den Anfang des Theaters zu sein.

Im Freien

JENNIFER

Wieviel Mühe sie sich beim Spiel geben und wie spaßig sie sind. Hat es dir nicht gefallen?

JAN

Doch. Aber hat uns kein Eichhörnchen einen Brief zugesteckt?

JENNIFER

Ich habe nichts bemerkt. Sie tun es so heimlich. Laß mich

in meine Handtasche sehen. *Sie öffnet sie.* Da ist ein Zettel und darauf steht:

JAN
»Zur Hölle.«

JENNIFER *lachend*
Aber nein! Darauf steht: *flüsternd* »Heimgehen, bitte.«

Im Gerichtssaal

GUTER GOTT
Und immer wieder gingen sie zurück in dieses Zimmer. Daß sich vier Wände dazu hergeben mögen.

RICHTER
Auch dazu werden Wände gebaut. Damit ein natürliches und gesundes Empfinden –

GUTER GOTT
– etwa zu seinem Recht kommt? Aber es ist weder natürlich noch gesund. Sie umarmten einander und dachten schon an die nächste Umarmung. Sie gaben einem Verlangen, das von der Schöpfung nicht so gedacht sein kann, mit einer Laune nach, die ernsthafter war als jeder Ernst, und schwuren sich Gegenwart und sonst nichts, mit jedem Blick, jedem heftigen Atemzug und jedem Griff in das hinfälligste Material der Welt, dieses Fleisch, das vor Traurigkeit bitter schmeckte und in dem sie gefangen lagen, verurteilt zu lebenslänglich.

Im Zimmer des 7. Stockwerks

JAN
Hörst du mir zu?

JENNIFER *müde*
Ja.

JAN
Ich weiß, es wird jetzt bald so weit sein, daß ich dir versprechen werde, nach meiner Rückkehr Briefe zu schreiben. Aber du darfst mir nicht trauen. Willst du den Text wissen?

JENNIFER
Ja.

JAN
»Mein Liebling, ich habe alles gründlich überdacht ... du bist mir so wichtig geworden, teuer geworden ... schreibe mir sofort, postlagernd am besten, denn, aber das erkläre ich dir später ... und postwendend, ob auch für dich diese Tage ... dadam ... über jede Entfernung hinweg umarme ich dich, mein kleiner Liebling, dadamdadam ... wir müssen uns wiedersehen, wir werden ... einen Weg finden, wir werden, wir sollten, wir müßten, trotz jeder Entfernung. Schreibe mir!«

JENNIFER *sich aufraffend, unschuldig*
Du wirst mir wirklich schreiben?

JAN
Nein. Das war ein Scherz. Und ich fürchte, ich werde zu keinem Scherz mehr aufgelegt sein nach alledem.

JENNIFER

Ich weiß nicht, ob ich dich verstehe.

JAN

Du wirst bald verstehen. *Zitierend, spielerisch.* »Ich bin trunken von dir, mein Geist, und wahnsinnig vor Begierde nach dir. Du bist wie Wein in meinem Blut und nimmst Gestalt an aus Traum und Rausch, um mich zu verderben.«

JENNIFER

Was ist das?

JAN

Es sind Worte.

JENNIFER

Für dein Gefühl?

JAN

Meine Gefühle habe ich ausgezogen und zu den Kleidern gelegt.

JENNIFER

Dein Innres sagt mir das?

JAN

Mein Innres! Ich habe sehr eifrig gesucht und geforscht in vielen Jahren, aber ich habe in meinem Innern nie jemand getroffen.

Das Telefon läutet.

JENNIFER

Das Telefon! Soll ich antworten?

JAN

Bitte.

JENNIFER

Hallo. Ja. Ich habe verstanden. – Danke. Es ist gut.

Pause.

JENNIFER

Du hast einen Platz auf dem Schiff. Du kannst fahren.

STIMMEN

DENK DARAN SOLANGE ES ZEIT IST
GIB GOTT EINE CHANCE
UND VERSÜSS DIR DAS LEBEN
FANGT GRILLEN UND HÄRTET DEN STAHL
TUT GUTES UND TUT ES SCHNELL
DIANA ZWEIHUNDERTSTUNDENKILOMETER
IM KOMMEN WIE NIE ZUVOR
SACHSCHÄDEN MENSCHENLEBEN
KEHR EIN UND UM UND KOMM DRÜBER HINWEG
DU KANNST ES NICHT MIT DIR NEHMEN
GEHEN IMMER WEITER GEHEN
BEI GRÜNEM LICHT DENK DARAN!

Im Zimmer des 7. Stockwerks

JENNIFER

Ich bin fertig. Mein Koffer ist gepackt. Er ist so leicht. Federn könnten drin sein. Fluggepäck. Was muß ich dir jetzt sagen? Leb wohl?

JAN

Sag nichts, Jennifer. Sag, wenn du kannst: es war leicht, es war schön. Es wird leicht sein.

JENNIFER *nachsprechend*

Es war schön.

JAN

Ich sage besser nichts.

JENNIFER

Gehst du zuerst? Oder gehe ich? Du kannst nachsehen, ob kein Taschentuch von mir zurückgeblieben ist. Ich lasse immer eins liegen. Ein Tuch zum Winken, mit einem Tropfen Parfüm drin, keinen Tränen.

JAN

Gehen wir miteinander!

JENNIFER

Nein.

JAN

Bis auf die Straße.

JENNIFER *gleichgültig*

Wie du willst. Es kommt nicht mehr darauf an. Ist es nicht so?

JAN

Ja, so ist es.

Sie öffnen die Tür, gehen über den Gang und zum Lift, fahren hinunter.

LIFTBOY

Erdgeschoß?

JAN

Erdgeschoß.

JENNIFER *vor sich hin*

Es wird leicht sein, es wird leicht sein.

JAN

Ich muß noch die Rechnung bezahlen.

JENNIFER

Ich gehe voraus. – Ich gehe. *Und während sie zu laufen beginnt.*
Ich gehe.

Straßengeräusche und darüber

STIMMEN

KEINE ANGST VOR MONTAGEN UND DIENSTAGEN
LETZTER TAG FÜR REIHER UND FLEDERMAUS
DU KANNST ES NICHT MIT DIR NEHMEN
HÄNDE WEG VON HERZEN UND SIEGELN
FÜHLT SELBER SEHT SELBER
HÖR ZU UND GEH MIT WEITERGEHEN
NÄHER ZU IHM NÄHER ZU NICHTS
DENK DARAN BAU AUF UNS SETZ AUF UNS
SOLANGE ES ZEIT IST DENK DARAN!

Auf der Straße

JAN *laut, dann lauter und zuletzt in Verzweiflung*

Jennifer! – Jennifer! – Jennifer!

ZEITUNGSVERKÄUFER

Treffen der Veteranen
Treffen der Hammel
Treffen der alten Trommler

JAN *sich an den Ausrufer wendend*

Sie muß hier vorbeigekommen sein, mit einem Koffer. In Rosa und Weiß, mit Locken, die über die Ohren fallen. Und diesem Blick: wie gefällt Ihnen?

ZEITUNGSVERKÄUFER

Gesehen. Nichts hat man gesehen. Rosa und Weiß? So sind sie alle, mir ist das auch einmal passiert. Die sehn Sie nicht wieder. Aber fragen Sie einmal den dort von der Polizei. Ja! Den mit dem Helm auf dem Kopf und dem Knüppel in der Hand.

JAN *auf den Polizisten zutretend*

Weit kann sie nicht sein. Sieht aus wie alle und ist es doch.

POLIZIST

Sind Sie ein Angehöriger?

JAN

Ich habe gleich angefangen zu laufen, als ich merkte, daß es anders kam. Hundert Meter Vorsprung hatte sie.

POLIZIST

Ach was, Vorsprung. Sie sind ein sehr netter Mensch, aber ich muß zuerst die Kinder da über die Straße führen. Dann reden wir weiter. Nicht wahr, Kinder?

KINDER

Bring uns! Trag uns! Komm, Hampelmann! Komm, feiner, alter Polizeionkel.

JAN *weitergehend, laut und weithin*

Jennifer! Jennifer!

Wenn sein Ruf vergeht, wird es plötzlich still, dann

JENNIFER *ohne Erstaunen*

Du?

JAN *außer Atem*

Gib mir deinen Koffer.

JENNIFER

Jan!

JAN

Bist du wahnsinnig? – Du stehst hier und bläst deine Handballen und streichst dir auch noch das Haar aus der Stirn. Wir gehn zurück.

JENNIFER

Ja?

JAN

Wie hast du nur gehen können. Ich werde es dir nie verzeihen.

JENNIFER

Jan.

JAN

Ich sollte dich schlagen vor allen Leuten, schlagen werde ich dich …

JENNIFER

Ja, ja.

JAN

Wirst du noch einmal fortgehen, wenn ich dich fortschicke!?

JENNIFER

Nein.

JAN

Weißt du wieder, wo du hingehörst, obwohl du den Verstand verloren hast?

JENNIFER

Ich weiß nur keinen Platz mehr für uns. Aber wenn du ihn wüßtest, wüßte ich ihn auch.

JAN

Ich weiß ihn. Sag, ob es nicht ein Wink war.

JENNIFER

Ja. Ja.

JAN

Als ich die Rechnung verlangte, hörte ich, daß ein Zimmer oben frei geworden ist, auf der Straßenseite, im dreißigsten Stock. Da mußte ich doch innehalten. Und ich meinte, dir nachgehen und es dir sagen zu müssen. Sag!

JENNIFER

Oh ja. Ja.

JAN

Weil du es dir doch gewünscht hast und weil ich dir noch keinen Wunsch erfüllt habe und nichts geschenkt.

JENNIFER *langsam*

Küß mich. Auch auf der Straße. Auch vor dem Fenster mit den Orangen und brauner Ananas. Auch vor dem Kreuz des Rettungswagens und dem Dromedar, das der Zirkusmann hier vorüberführt. Auch vor den Kernen, die geflogen kommen von Pfirsich und grüner Dattel, und die die Mulatten wegwerfen.

JAN

Und du fürchtest nicht, dein Gesicht zu verlieren auf der Straße?

JENNIFER

Nein. Und ich weiß schon, warum.

JAN

Sag!

JENNIFER

Weil jeder sehen kann, daß ich bald ganz verloren sein werde, und fühlen kann, daß ich ohne Stolz bin und vergehe nach Erniedrigung; daß ich mich jetzt hinrichten ließe von dir oder wegwerfen wie ein Zeug nach jedem Spiel, das du ersinnst.

JAN

Du mußt einmal sehr stolz gewesen sein, und ich bin jetzt sehr stolz auf dich. *Plötzlich, besorgt.* Jennifer!

JENNIFER

Es ist nichts. Mir ist schwindlig. Weil du mich geliebt hast oder weil du mich wieder lieben wirst. Halt mich fest.

JAN

Sprich nicht mehr! Gleich sind wir da. Du wirst zwischen frische Tücher gelegt, bekommst zu trinken, Eis auf die Stirn und eine Zigarette. Kein Wort mehr!

JENNIFER

Ich glaube beinahe, ich war ohnmächtig. Verzeih mir. Ich wußte nicht, daß man so ohnmächtig werden kann.

Im Gerichtssaal

RICHTER

Auch eine Erfrischung? Auch eine Zigarette?

GUTER GOTT

Nur einen Schluck Wasser.

RICHTER

Dreißigstes Stockwerk ist natürlich besser als siebentes, und beides ist sehr viel besser als zu ebener Erde zu wohnen. Besonders hier.

GUTER GOTT

Überall. Oben ist die Luft dünner. Die Geräuschwellen gleiten ab an den Mauern. Alles sinkt so sichtbar zurück in ein Flußbett, auf dem Treibholz schwimmt: ehemalige Gefährten, alte Lasten, hilflose Flößer mit kurzgesteckten Zielen. Eine Miniaturausgabe des Alltags ist belustigend. Aus einiger Entfernung betrachtet, schrumpft der gesunde Menschenverstand ein und sieht einem Gran Stumpfsinn zum Verzweifeln ähnlich.

RICHTER *unvorsichtig*

Die beiden hatten ihn wohl schon nicht mehr, den gesunden Menschenverstand.

GUTER GOTT *schwerfällig*

So reden Sie?

RICHTER

Einfühlung.

GUTER GOTT

Ja? Es gibt nämlich einiges in den Höhen, wo die Adler

nicht wohnen. Freiheit. Ein Unwesen, das die Phalanx der Liebenden in Besitz nimmt und verteidigt voller Verblendung.

Darum bin ich dieser Zigeunerin auf den Fersen, solange ich denken kann, die von nirgends herkommt und nirgends zuhause ist und diese Horste begünstigt – Die so geduckt unten geht und plötzlich über den Asphalt und auf fliegt, damit ihre Füße keine Spur lassen –

Der Liebe, könnte ich sagen –

Ihr, die wir nicht fassen und hierherbringen können und die nie aussagen wird.

Nirgends zu finden. Schon nicht mehr zu finden, wo sie eben noch war.

Und ich könnte schwören, daß sie, die gestern noch jene beiden liebte, den Kakteenpurpur aufgehn und die Pappel ins Dunkel ragen ließ, heute schon zwei andere liebt und die Mimosen erzittern läßt –

Daß sie sich kein Gewissen macht, sondern ihr schwarzes Mieder fest schnürt, ihren roten Rock wirbeln läßt und wieder jemand die Welt verdunkelt mit ihren vor Trauer unsterblichen Augen!

RICHTER

Nicht zu fassen. Freilich nicht hierherzubringen. Aber was sich fassen läßt, die Tatsachen … *Blätternd.* Wie sieht es im dreißigsten Stockwerk aus?

GUTER GOTT

Das Zimmer ist lichter als der Tag. Wenn man von Einkäufen zurückkommt, brät man Fische mit faden Glotzaugen in der Kochnische und wäscht ein Paar Strümpfe und ein Paar Socken im Bad, hängt sie über den stählernen Arm, an dem man auch Gymnastikübungen machen könnte, wenn man nicht Besseres zu tun hätte. Man nennt das schon »zuhause«, beugt sich manchmal aus dem Fenster, rauft Stroh und Binsen aus einer Besenreklame und klebt sie an die Wand, damit das Zimmer einem Nest ähnlicher wird. Man sperrt zweimal die Tür ab und steht ein drittes Mal auf, um nachzusehen, ob sie verschlossen ist. Immer seltener geht man aus. Man hat keine Zigaretten, und einer von beiden will sie kaufen gehen, aber man geht dann zu zweit.

RICHTER

Briefe vom Eichhörnchen?

GUTER GOTT

Massenweise. Die Post häuft sich. Und Billy und Frankie tanzten auf dem Korridor auf und ab und sahen durchs Schlüsselloch.

Auf dem Hotelkorridor

BILLY

Ach wie gut, daß niemand weiß!

FRANKIE

Was ich nicht weiß, macht mich nicht heiß.

BILLY

Poet, schwachsinniger. Was denkst du dir aus für das Mädchen?

FRANKIE

Zum Teufel mit ihr!

BILLY
Und für ihn?

FRANKIE
Er ist schlau, aber es hat ihn erwischt. Schlaukopf, Lästermaul, die Welt ist faul!

BILLY
Sag schon.

FRANKIE
Spanische Folter.

BILLY
Spanische?

FRANKIE
Du wirst dich zu Tod lachen. Daumenschrauben sind nichts dagegen. Brennende Hölzer unter den Nägeln, ein Kolonialbeamtenspiel. Auspeitschen eine Wonne dagegen. Ich sag's dir ins Ohr.

Er flüstert unverständlich.

BILLY
Hoho?!

FRANKIE
Oho!

BILLY
Einverstanden?

FRANKIE
Einverstanden. Wenn unser strenger Meister es zugibt.

Im Gerichtssaal

RICHTER
Wir sind nicht mehr im Mittelalter.

GUTER GOTT
Nein. Im Anfang der Neuzeit. Oder Endzeit. Wie es beliebt.

RICHTER
Das ist unerträglich. Die Hitze. Und es dämmert schon.

GUTER GOTT
Ich nehme an, Sie sind, wie die meisten heutzutage, für Massenvernichtung und nicht für Einzelvernichtung. Aber ich habe, der einzelnen wegen, die sich absentierten, ein altmodisches Verfahren entwickeln müssen und werde daher wenig Gnade vor ihren Augen finden.

RICHTER
Von wem Gnade. Und wozu?

GUTER GOTT
Eins muß ich richtigstellen. Die ausschweifende Phantasie meiner Handlanger habe ich nur gelenkt und benutzt; meiner Nüchternheit war sie zuwider. Mit solchen Auswüchsen hat man es nur bei niedrigen Naturen zu tun. Mordlust ist mir fremd.

RICHTER
Sie bestreiten?

GUTER GOTT
Es geschah nur Recht.

RICHTER
Sie bestreiten? Wozu dann Gnade?!

GUTER GOTT

Dann: Keine Gnade.

STIMMEN

GUTER RAT NICHT MEHR TEUER
SPOTT BILLIGER TU'S ODER STIRB!
KEINE GNADE FÜR NACHTIGALLEN
DENK DARAN WAS IMMER GESCHIEHT
WEITERGEHEN FREIWILLIGE VOR
SCHAKALE UND WÖLFE NACH
EIN FRIEDE KOMMT SELTEN ALLEIN
KEINE GNADE SOLANGE ES ZEIT IST
SCHARFE MASSNAHMEN SCHÄRFER
NIEDER MIT ALLEN SCHRANKEN
DU KANNST ES NICHT MIT DIR NEHMEN
HALT! BEI LICHT BEI LICHT BESEHN: HALT!

Im Zimmer des 30. Stockwerks

JENNIFER

Errette mich!

JAN

Ist das aus dir geworden!? Bist du's geworden? Aus einem rosaroten Mädchen mit Tagebüchern, Gutenachtküssen und Autoküssen, mit Truman und vollgekritzelten Heften unter dem Arm, sehr nett und wie gefällt Ihnen? – Wozu sind die Feuerleitern da an allen Häusern: damit man sich retten kann, wenn es brennt; und wozu sind die Feuerlöscher in allen Zimmern: damit man löschen und sich retten kann.

JENNIFER

Errette mich! Von dir und von mir. Mach, daß wir uns nicht mehr bekämpfen und daß ich stiller werde zu dir.

JAN

Weinst du? Wein doch!

JENNIFER

Glaubst du, daß wir wahnsinnig sind?

JAN

Vielleicht.

JENNIFER

Verachtest du mich?

JAN

Nur ein wenig. Nur so viel, daß mein Staunen nicht endet über dich. Aber ich bin auch erstaunt über mich.

JENNIFER

Wirst du heute fahren?

JAN

Nein.

JENNIFER

Aber ich weiß doch, daß es nur ein Aufschub ist, immer wieder ein Aufschub. Wozu?

JAN

Frag nicht! Weil vielleicht noch etwas aussteht. – Aber wo ist deine Neugier hin? Du wolltest mir ganz andere Fragen stellen und Antworten auf Fragen geben, die du in mir vermutest.

JENNIFER

Ja, ja. Laß uns endlich sprechen und ruhig daliegen. Erzähl!

JAN

Etwas aus der Kindheit? Geschichten vom Lande und aus der Stadt, Eltern, Tanten, Onkeln? Aus der Schulzeit? Von vergrämten Lehrern, Kreideschlachten und bestandenen Prüfungen? – Ich bin geboren worden, und dann war es bald zu spät.

JENNIFER

Ja. Es ist vielleicht töricht … obwohl ich meine, wissen zu müssen, wie alles war.

JAN

Dann könnte ich dir noch sagen, in welchen Ideen und welchen Gesinnungen ich mich versucht habe, wieviel Geld ich jetzt für Ideenlosigkeit verdiene und wie die Aussichten sind. Oder das Land beschreiben, seine Berge, Apfelbäume und neueste Grenzverhältnisse. Aber ihr sagt hier nur: Europa. Europäer. Wie könnte ich da kleinlich sein, von unseren Apfelbäumen reden und die Pinien und Strände außer achtlassen, die es auch geben mag. Überdies ist alles sehr weit weg und trägt keine Aufschriften mehr für mich.

JENNIFER

Und … aber …

JAN

Noch etwas?

JENNIFER *leise*

Die anderen, die es gegeben hat. Und was bedeute jetzt ich?

Jan *nach kurzem Überlegen*

Habe ich dich so sehr eingeschüchtert, daß du erst jetzt danach fragst? Die unausbleibliche, beliebte Frage. Ich bin ja vorbereitet. Aber was willst du damit? Wenn ich dir nun etwas erzählte, von wenig Frauen oder sehr vielen, von Enttäuschungen – so nennt man das doch? – oder unvergeßlichen Erlebnissen. Das Vokabular ist mir durchaus geläufig, und ich habe mir für die Vergangenheit einige Fassungen zurechtgelegt. Wie es mir grade einfiel. Es gibt eine tragische Fassung und eine leichtsinnige, eine mit einem roten Faden und eine, die bloß als Statistik gelten kann. Aber wär's nicht zu wünschen, daß du mir alle erließest?

Jennifer

Ja. Nur als du von dem Brief sprachst, den du mir nicht schreiben wirst, sagtest du: »schreib mir am besten postlagernd, denn, aber das erkläre ich dir später ...«

Jan

Ich wollte mich wohl verraten. Denn es gibt jetzt wirklich jemand drüben, der auf mich wartet. Immer wartet jemand. Oder es hätte nie anfangen dürfen. Man wird ja weitergereicht, eine Beziehung löst die andere ab, man siedelt von einem Bett ins andere.

Jennifer

Was wirst du sagen, wenn du zurückkommst?

Jan

Nichts.

Jennifer *gequält*

Als wäre nichts geschehen?

JAN

Das habe ich nicht gesagt. Ich will damit nicht einmal sagen, daß ich dorthin zurückgehen werde. Aber so oder so gilt, daß nichts zu sagen ist.

JENNIFER

Weil es einfacher ist. Oh, alles ist so einfach, einfach!

JAN

Wein doch! Aber vergiß nicht, daß auch du gesagt hast: sag es niemand.

JENNIFER

Ja. Weil es in den Briefen steht, die von den Eichhörnchen kommen.

JAN

Sie werden wissen, was sie schreiben.

JENNIFER

Und wenn sie es nicht wissen! – So werd ich dich also nie kennenlernen.

JAN

Was hättest du davon, wenn du von meinen Schwächen wüßtest und von ein paar guten Taten, die mir nebenbei unterliefen. Ich will nichts von dir wissen, dich ausklammern aus deinen Geschichten. Wenn du gehst, dich bewegst, blickst, wenn du mir folgst, nachgibst und kein Wort mehr findest, dann weist du dich aus, wie dich kein Papier, kein Zeugnis je ausweisen könnten. Ich zittre nicht um deine Identität. *Verändert, beleidigend.* Aber wir könnten versuchen, eine gemeinsame Basis zu finden, wenn du Wert darauf legst.

JENNIFER

Nicht so! Nicht so!

JAN

Was weißt du von Interferenzen und von Automation, von Quantenlaunen und intersubjektiver Verifikation?

JENNIFER

Nicht so!

JAN

Von nuklearen Veränderungen, Psychopathologie und vom Paläolithikum?

JENNIFER *ängstlich*

Bitte nicht!

JAN

Darüber wird man also nicht reden können.

JENNIFER

Nein …

JAN

Über anderes vielleicht?

JENNIFER

Worüber du willst. Ich werde mir Mühe geben.

JAN

Warum Mühe?

JENNIFER

Um dir näherzukommen.

JAN

Würdest du eine Meinung äußern?

JENNIFER
Welche?

JAN
Das frage ich dich.

JENNIFER
Ist dir das so wichtig?

JAN
Nein. Ich möchte nur feststellen, weil wir schon dabei sind, was bleibt, wenn du keine Meinung hast, dir aber Mühe geben willst und so weiter.

JENNIFER
Stoß mich nicht zurück.

JAN *immer wacher, ironischer*
Es gibt noch andre Möglichkeiten zu kommunizieren. Wir könnten die Theater besuchen und in der Pause Gedanken austauschen über den gut fabrizierten Feuerzauber.

JENNIFER
Von welchem Theaterstück sprichst du?

JAN
Von einem, das ich mit dir nie sehen werde. – Und was ist's mit der Musik? Wenn wir Muße haben, hören wir uns ein bedeutendes Klavierkonzert an, dessen Ecksätzen man Brillanz nachrühmen könnte und dessen geistvolle Organik besticht.

JENNIFER
Du meinst eine ernste Musik?

JAN

Und wenn es so nicht geht, werden wir Galerien besuchen und mit angestrengten Augen einen Farbwert erfassen. Und wenn es auch so nicht geht, wirst du kochen lernen und mich mit Frittaten, Saucen und Desserts unterhalten. Abends bleibt der Ausweg ins Kino. Man starrt miteinander auf die Leinwand und entspannt sich. Irgend etwas, verlaß dich drauf, wird sich schon finden, das uns zusammenhält. Kinder zum Beispiel, Sorgen und schlechtes Wetter. Verlaß dich drauf!

JENNIFER

Mir soll alles recht sein.

JAN *böse*

Mir auch.

JENNIFER

Du bist schön, wenn du zornig wirst.

JAN

Ich bin jetzt nicht zornig. Ich möchte nur ausbrechen aus allen Jahren und allen Gedanken aus allen Jahren, und ich möchte in mir den Bau niederreißen, der Ich bin, und der andere sein, der ich nie war.

JENNIFER

Du bist schön, und du bist ja schon, wie du nie warst.

JAN

Ich werde dir noch etwas sagen: es ist unmöglich, daß das mit uns geschehen soll.
Du mein, ich dein.
Vertrauen gegen Vertrauen.

Laß uns an die Zukunft denken.
Gute Kameraden sein. Freundschaft halten.
Schützen einander, zusammenstehn.
Ein Trost sein. Ein Trost sein.
Du bist der erste Mensch, der kein Trost für mich ist. Meine Freunde und meine Feinde waren zu ertragen, auch wenn sie mich lähmten und meine Langmut verbrauchten. Alles war zu ertragen. Du bist es nicht.

JENNIFER
Du bist schön, und ich bete dich an. Ich gebe dir Küsse auf die Schulter und denke nichts dabei. Heißt das trostlos sein?

JAN
Ja. Aber es ist nur der erste Angriff, der erste Schlag auf eine Kette, die nicht zerbrechen will. Aber horch. Schon klingt sie, und am Ende, wenn sie ohne Laut zerspringen sollte, wirst du wieder nichts dabei denken. Aber es kann auch das Gesetz der Welt dann nicht mehr auf uns liegen.

Im Büro des guten Gottes

BILLY
Die beiden machen es nicht mehr lang. Verdrehen schon die Augen. Starren ins Ungefähre. Lästern.

FRANKIE
Karten auf den Tisch. Was sagt der letzte Wisch? Was sagt unser Meister?

BILLY

Warten. Abwarten.

Ein Kratzgeräusch.

BILLY

Kratz nicht auf dem Munitionsschrank herum. Er wird dir eins auf die Pfoten geben.

FRANKIE

Es juckt mich schon so.

BILLY

Sollen wir ihnen noch einen Brief schicken?

FRANKIE

Aber einen, der den Puls beschleunigt, den Druck hinaufsetzt. Zum Teufel mit ihnen.

BILLY

Was schreiben wir?

FRANKIE

»Sag es niemand.«

BILLY

Versteht sich.

FRANKIE

Ich könnt mich ins Fell beißen. Mir fällt nichts ein.

BILLY

Beiß dich!

FRANKIE

Au! Au! Au!

BILLY

Noch immer nichts?

FRANKIE

Ich hab's!

BILLY

Wird was Rechtes sein.

FRANKIE

Höher hinauf müssen sie.

BILLY

Eine Nuß gefällig? Kopfnuß vielleicht?

FRANKIE

Behalt deine Nüsse! Im letzten Stock muß ein Zimmer frei werden. Gib die Kartei her! Wer schmort jetzt oben?

BILLY

Wie hoch? Im 57. Stock? Das wäre der letzte.

FRANKIE

Gib her! Herr Missismister. Wir probieren es.

BILLY

Wie?

FRANKIE

Er muß heraus. Wir kommen angehüpft. Mit einem Sprung flieg ich ihm auf die Brust. Und er packt seine Koffer, vor Schreck.

BILLY

Zieht aus, und sie ziehen ein. Dann?

FRANKIE

Dann schweben sie und müssen haushalten mit der Stickluft. Verlieren den Boden unter den Füßen. Fühlen Schwindel. Und pfeifen – *er pfeift* – pfeifen auf die himmlische Erde. *Er pfeift wieder.*

BILLY

Himmlisch. So geht's schneller.

FRANKIE

Ach, wie gut!

BILLY

Ach wie gut, daß niemand weiß, daß ich Billy –

FRANKIE

Daß ich Frankie –

BILLY

Das zahme, das scheue –

FRANKIE

Das flinke Eichhorn heiß.

Im Gerichtssaal

RICHTER

Tatsächlich zog ein Mann im letzten Stock aus diesen oder anderen Gründen aus.

GUTER GOTT

Der Portier erinnerte sich an ein Trinkgeld, das er von den beiden bekommen hatte, und quartierte sie um. Von dem

Zimmer oben gab es eine seltsame Aussicht. Eine im Flug verlassene Welt lag unten. In einem Aug konnte man schon den Mond und im anderen noch die Sonne haben. Das Meer wölbte sich sichtbar in der Ferne und zog Schiffe und Rauch hinunter an andere Erdteile.

RICHTER

Was für ein Manöver, dieser Umzug! Dachten Sie, oben unbemerkter handeln zu können?

GUTER GOTT

Nein, nur rascher. Ich trieb nur die Dinge voran, die nicht mehr aufzuhalten waren. Dann war mir auch leid, daß sie nahezu kein Geld mehr hatten. Ich wollte ihnen ablenkende Sorgen ersparen. Sie wissen, wie teuer die Zimmer oben sind.

RICHTER *wegwerfend*

Auch noch Mitleid. Ja, ich weiß. *Blätternd.* Ist es richtig, daß wir zur letzten Nacht kommen?

GUTER GOTT

Zu einer, die auftrat vor dem letzten Tag wie die allerletzte. Mit einer unbändigen Temperatur. Fieberheiß. Der Ventilator war ohnmächtig.

RICHTER

Heute wie damals.

GUTER GOTT

Das Eis schmolz im Glas, eh man es an die Lippen hob.

RICHTER

Und den beiden kamen keine Bedenken?

GUTER GOTT

Sie hatten den Brief und glaubten aufs Wort.

Im Zimmer des 57. Stockwerks

JENNIFER

Bedenk es. Wieder ein Wink. Wieder ein Zeichen. *Zärtlich.* Gute, liebe Eichhörnchen.

JAN

Umzug am Abend. Einzug in die Nacht selbst.

JENNIFER

Ich werde meine Haarbürste neben deine legen. Deine Bücher aufstellen. Deine Jacke aufhängen neben meinen Röcken. Ich möchte jetzt alles so hinlegen und stellen, als blieb es für immer. Welch ein Augenblick! Und ich will mir einprägen für immer: die stille Nacht und die feuchte Glut, die glänzende Insel, über der wir sind, und das Licht, das wir hier abbrennen werden, um ihr noch Glanz hinzuzufügen, zu niemandes Ehren.

JAN

Komm! Laß aus der Hand fallen, was du hältst. Laß alles fallen für immer. Ich fühle, daß ich nie besser wissen werde, auf welchem Längen- und Breitengrad ich mich befinde, und nie besser, worauf alles gegründet ist als in diesem beliebigsten Zimmer. Genau hier ist es zu spüren, wo es wenig Erde gibt. Hier ist Raum. Und du beherbergst mich, den Fremden.

JENNIFER

Weil er von weither kommt und weit fort muß, schlage ich ihm das Bett auf und stelle den Wasserkrug neben ihn.

JAN

Aber er tappt noch in manchem Dunkel und findet sich nicht zurecht. Er erzeugt noch Befremden, weil sein Akzent hart ist, und er vermag noch kein Vertrauen einzuflößen. Ich möchte jetzt eine Karte haben, die mich dir erklärt: alle meine Wüsten, sandfarben darauf, und weiß die Tundren, und eine noch unbetretene Zone. Aber auch eine neue grüne Zeichnung ist da, die besagt, daß der Kältesee in meinem Herzen zum Abfließen kommt.

JENNIFER

Endlich. Endlich.

JAN

Und ich möchte ein Buch haben, aus dem ich erfahre, was in dir vorkommt, Klima, Vegetation und Fauna, die Erreger deiner Krankheiten und ihre stummen verbissenen Gegner in deinem Blut, und die Lebewesen, die allerkleinsten, die ich mir herüberhole mit meinen Küssen. Ich möchte einmal sehen, was jetzt ist, abends, wenn dein Körper illuminiert ist und warm und aufgeregt ein Fest begehen möchte. Und ich sehe schon: durchsichtige Früchte und Edelsteine, Kornelian und Rubin, leuchtende Minerale. In eine Feerie verwandelt, die Blutbahnen. Sehen. Schauen.
Alle Schichten bloßgelegt. Die Decken feinen Fleisches, weiße seidige Häute, die deine Gelenke umhüllen, die entspannten Muskeln, schön polierte Knochen und den Lack auf den bloßen Hüftkugeln. Das rauchige Licht in deiner

Brust und den kühnen Schwung dieser Rippen. Alles sehen, alles schauen.

JENNIFER

Könnt ich mehr tun, mich aufreißen für dich und in deinen Besitz übergehen, mit jeder Faser und wie es sein soll: mit Haut und mit Haar.

JAN

Und hören. Das Ohr an dich legen, weil es nie still ist in dir und eine auf- und absinkende Windwoge in deiner Lunge gibt, das Geräusch von einem Kolben, der niederfällt in deiner Herzkammer, einen ängstlichen Laut, wenn du schluckst, und Geisterknacken in deinen Gliedern.

JENNIFER

Horch mich aus. Denn ich kann keine Geheimnisse vor dir haben.

JAN

Aber werde ich hinter alle kommen? – Oh, es wird mich Eifersucht heimsuchen und nicht freigeben, eh ich die okkulten Farben innen kenne und die geheimen Gänge durch Zellkammern, das ausgeschüttete Salz im Geweb, Larven und Lampione darin, Mosaikböden mit den Darstellungen versunkener Mythen. Schwammwerk und Mark. Die ganze verschwenderische Anlage, die du bist, und die ohne Ruhm vergehen soll.

JENNIFER

Vergeh ich schon? Und vergeh ich nicht wegen dir?

JAN

Dann ist wenig Zeit auf der Welt. Denn wenn alles entdeckt

und verformelt ist, wird die Lasur deiner geschmeidigen Augen und die blonde Haarsteppe auf deiner Haut von mir noch nicht begriffen sein. Wenn alles gewußt, geschaffen und wieder zerstört sein wird, werde ich noch verführt werden im Labyrinth deiner Blicke. Und es wird mich das Schluchzen, das deinen Atemweg heraufkommt, bestürzen wie nichts sonst.

JENNIFER

So wenig Zeit. Viel zu wenig Zeit.

JAN

Und darum will ich dein Skelett noch als Skelett umarmen und diese Kette um dein Gebein klirren hören am Nimmermehrtag. Und dein verwestes Herz und die Handvoll Staub, die du später sein wirst, in meinen zerfallenen Mund nehmen und ersticken daran. Und das Nichts, das du sein wirst, durchwalten mit meiner Nichtigkeit. Bei dir sein möchte ich bis ans Ende aller Tage und auf den Grund dieses Abgrundes kommen, in den ich stürze mit dir. Ich möchte ein Ende mit dir, ein Ende. Und eine Revolte gegen das Ende der Liebe in jedem Augenblick und bis zum Ende.

JENNIFER

Mein Ende. Sag es zu Ende.

JAN

Es ist da eine Niedertracht von Anfang an, und keine Blasphemie wird ihr Ausmaß erreichen. Was müssen wir uns vorhalten lassen mit Liebe, dieser Flammenschrift, und auslöschen sehen, wenn wir nähergekommen sind? Wer hat geschrien, daß Gott tot ist? Oder gestürzt in die Donnerhallen! Oder daß es ihn nicht gibt. Ist da nicht zu wenig verklagt in der wenigen Zeit? Reißen wir unsere Herzen aus für ein Nichts und um mit dieser jämmerlichen Klage die Leere zu füllen, und stirbst du dafür! Oh nein. Lieb mich, damit ich nicht schlafen und aufhören muß, dich zu lieben. Lieb mich, damit ein Einsehen ist. Denn warum sollte ich dich nicht festhalten, dich foltern und in dir verzweifeln können an allem? Warum soll ich mir noch vorhalten lassen, wie lang und wie oft ich dich zu halten habe, obwohl ich es immer will und dich für immer will!

Ich will dich jetzt nicht verlassen, betrügen in Traumwelten und mich betrügen lassen in Schlafwelten. Ich will, was noch niemals war: kein Ende. Und zurückbleiben wird ein Bett, an dessen einem Ende die Eisberge sich stoßen und an dessen unterem Rand jemand Feuer legt. Und zu beiden Seiten: nicht Engel, aber Dolden aus Tropen, Papageienhohn und dürre Geflechte aus Hungerland. Schlaf nicht ein, ich bitte dich.

JENNIFER

Ich werde nicht mehr schlafen. Dich nicht mehr lassen.

JAN

So komm. Ich bin mit dir und gegen alles. Die Gegenzeit beginnt.

Im Gerichtssaal

RICHTER

Wovon ist die Rede?

GUTER GOTT

Von einem anderen Zustand. Von einem Grenzübertritt. Von etwas, das Sie und ich nicht erwogen haben.

RICHTER *zurückhaltend*

Wir haben hier schon mit allen möglichen Fällen zu tun gehabt.

GUTER GOTT

Sie haben nur mit mir zu tun. Damit aber nichts.

RICHTER

Anmaßungen. – Wollen Sie auch behaupten, daß die Geschichte von Ellen Hay und diesem Bamfield und all den anderen, die Sie –

GUTER GOTT

Die ich? Ich?

RICHTER

Die getötet wurden, ähnlich verlief?

GUTER GOTT

Das kann ich nicht behaupten. Jede Geschichte fand in einer anderen Sprache statt. Bis in die Wortlosigkeit verlief jede anders. Auch die Zeit war eine andere, in die jede getaucht war. Aber wer sich nicht damit beschäftigt hat, mag wohl Ähnlichkeit drin sehen. So wie es eine Ähnlichkeit zwischen Zweibeinern gibt. Aber alle hatten die Neigung, die natürlichen Klammern zu lösen, um dann keinen Halt mehr in der Welt zu finden. Sagt man nicht, es seien nicht immer die Mörder, sondern manchmal die Ermordeten schuldig?

RICHTER

Versuchen Sie nicht, die Dinge auf den Kopf zu stellen! Und die Worte zu verdrehen.

GUTER GOTT

Ich versuche nichts dergleichen. Ich möchte Sie nur davon unterrichten, daß die beiden an nichts mehr glaubten und ich in gutem Glauben handelte.

RICHTER

Sie!

GUTER GOTT

Wollen Sie mein Glaubensbekenntnis? – Ich glaube an eine Ordnung für alle und für alle Tage, in der gelebt wird jeden Tag.

Ich glaube an eine große Konvention und an ihre große Macht, in der alle Gefühle und Gedanken Platz haben, und ich glaube an den Tod ihrer Widersacher. Ich glaube, daß die Liebe auf der Nachtseite der Welt ist, verderblicher als jedes Verbrechen, als alle Ketzereien. Ich glaube, daß, wo sie aufkommt, ein Wirbel entsteht wie vor dem ersten Schöpfungstag. Ich glaube, daß die Liebe unschuldig ist und zum Untergang führt; daß es nur weitergeht mit Schuld und mit dem Kommen vor alle Instanzen.

Ich glaube, daß die Liebenden gerechterweise in die Luft fliegen und immer geflogen sind. Da mögen sie vielleicht unter die Sternbilder versetzt worden sein. Haben Sie nicht gesagt: er hat sie nicht begraben –? Haben Sie es nicht gesagt?

RICHTER

Ja.

GUTER GOTT

Und ich wiederhole es nur. Nicht begraben. Verstehen Sie. Versetzt. Unter Bilder.

RICHTER *gewöhnlich*

Sie sind ein krankhafter Phantast. Jeder Mensch könnte Ihnen aus eigener Erfahrung eine Reihe von glücklichen Paaren nennen. Die Jugendfreundin, die später an einen Arzt geriet. Die Nachbarn auf dem Land, die schon fünf Kinder haben. Die zwei Studenten, die einen Ernst fürs Leben und füreinander verraten.

GUTER GOTT

Ich gestehe Ihnen unzählige zu. Aber wer wird sich mit Menschen beschäftigen, die nach einem anfänglichen Seitensprung in die Freiheit ohnehin Instinkt bewiesen haben. Die das bißchen anfängliche Glut zähmten, in die Hand nahmen und ein Heilmittelunternehmen gegen die Einsamkeit draus machten, eine Kameradschaft und wirtschaftliche Interessengemeinschaft. Ein annehmbarer Status innerhalb der Gesellschaft ist geschaffen. Alles im Gleichgewicht und in der Ordnung.

RICHTER

Etwas anderes ist nicht möglich und gibt es nicht.

GUTER GOTT

Weil ich es ausgerottet und kaltgemacht habe. Ich habe es getan, damit es Ruhe und Sicherheit gibt, auch damit Sie hier ruhig sitzen und sich die Fingerspitzen betrachten können und der Gang aller Dinge der bleibt, den wir bevorzugen.

RICHTER

Es gibt nicht zwei Richter – wie es nicht zwei Ordnungen gibt.

GUTER GOTT

Dann müßten Sie mit mir im Bund sein, und ich weiß es nur noch nicht. Dann war es vielleicht nicht beabsichtigt, mich außer Gefecht zu setzen, sondern etwas zur Sprache zu bringen, worüber besser nicht geredet werden sollte. Und zwei Ordner wären einer.

STIMMEN

EIN GESTIRN MACHT KEINEN HIMMEL
EINLENKEN RATSAMER VERSCHLAGEN SEIN
PROBEWEISE GEWALT AUF VORRAT
RAKETEN SPRITZIGER BOMBEN FÜLLIGER
SCHWERES WASSER RUCHBARER
LÖST AUF LÖST EUCH AUF LÖST DIE WELT
BEIM GONGSCHLAG NULL UHR NULL
UNTER SCHLÄGEN STEIGEN UND SINKEN
DENK DARAN DU KANNST ES NICHT
MACH ES KURZ UND SÜSS
GRINS UND ERTRAG ES – HALT!

Im Zimmer des 57. Stockwerks

JAN

Nimmst du es an? Wirst du es ertragen? Obwohl es »Abschied« heißt und kein Wort mehr für uns ist.

JENNIFER

Mich erschreckt nur, daß du noch immer da bist und daß ich dich ansehn muß, während die letzten Sekunden kommen. Ich werde bald nichts mehr sein. Wär's zu Ende. Ich ohne Schmerz. Wäre ich ohne mich. Darf ich alles sagen?

JAN

Alles. Sag alles!

JENNIFER

Rühr mich nicht mehr an. Komm mir nicht zu nah. Ich würd Zunder sein.

JAN

Wie weit soll ich weggehn?

JENNIFER

Bis zur Tür. Aber leg die Hand noch nicht auf den Griff.

JAN *entfernt*

Ich …

JENNIFER

Sprich nicht mehr zu mir. Und umarm mich kein letztes Mal.

JAN

Und ich!

JENNIFER

Drück jetzt die Schnalle nieder und geh, ohne dich umzudrehen. Nicht mit dem Rücken zu mir. Obwohl ich die Augen schließen und dein Gesicht nicht mehr sehen werde.

JAN

Aber ich kann nicht …

JENNIFER

Tu mir nicht mehr weh. Mit keinem Aufschub.

JAN *während er durch das Zimmer zu ihr zurückgeht*

Ich kann nie mehr gehen.

JENNIFER

Nicht. Rühr mich nicht an!

JAN

Nie mehr. Sieh mich doch an. Nie mehr.

JENNIFER *langsam, während sie sich auf die Knie wirft*

Oh, das ist wahr. Nie mehr.

JAN *entsetzt*

Was tust du? Tu das nicht!

JENNIFER

Auf den Knien vor dir liegen und deine Füße küssen? Ich werde es immer tun. Und drei Schritte hinter dir gehen, wo du gehst. Erst trinken, wenn du getrunken hast. Essen, wenn du gegessen hast. Wachen, wenn du schläfst.

JAN *leise*

Steh auf, meine Liebe. – Ich will das Fenster öffnen und den Himmel hereinlassen. Du wirst warten und nicht mehr weinen, wenn ich jetzt geh – nur um die Schiffskarte zurückzugeben, um für immer das Schiff fahren zu lassen. Das feuerrote Taxi werde ich nehmen, das am schnellsten fährt. Es ist ja soweit.

Ich weiß nichts weiter, nur daß ich hier leben und sterben will mit dir und zu dir reden in einer neuen Sprache; daß ich keinen Beruf mehr haben und keinem Geschäft nachgehen kann, nie mehr nützlich sein und brechen werde mit allem, und daß ich geschieden sein will von allen andern. Und sollte mir der Geschmack an der Welt nie mehr zurückkommen, so wird es sein, weil ich dir und deiner Stimme hörig bin. Und in der neuen Sprache, denn es ist ein alter Brauch, werde ich dir meine Liebe erklären und dich »meine Seele« nennen. Das ist ein Wort, das ich noch nie gehört und jetzt gefunden habe, und es ist ohne Beleidigung für dich.

JENNIFER

Oh, sag es niemand.

JAN

Mein Geist, ich bin wahnsinnig vor Liebe zu dir, und weiter ist nichts. Das ist der Anfang und das Ende, das Alpha und Omega …

JENNIFER

Ein alter Brauch: wenn du mir deine Liebe erklärst, werde ich dir meine gestehen. Meine Seele –

JAN

Unsterblich oder nicht: es gibt kein Ja mehr auf dieses.

Im Gerichtssaal

GUTER GOTT

Ja, auffliegen müssen sie, spurlos, denn nichts und niemand darf ihnen zu nah kommen. Sie sind wie die seltenen Elemente, die da und dort gefunden werden, jene Wahnsinnsstoffe, mit Strahl- und Brandkraft, die alles zersetzen und die Welt in Frage stellen. Noch die Erinnerung, die von ihnen bleibt, verseucht die Orte, die sie berührt haben. Dieses Gericht wird ohne Beispiel sein. Wenn ich verurteilt werde, wird es zur Beunruhigung aller geschehen. Denn die hier lieben, müssen umkommen, weil sie sonst nie gewesen sind. Sie müssen zu Tode gehetzt werden – oder sie leben nicht. Man wird mir entgegenhalten: dieses Gefühl verläuft sich, gibt sich. Aber da ist gar kein Gefühl, nur Untergang! Und es gibt sich eben nicht.

Und es kommt doch darauf an, auszuweichen, sich anzupassen! Antworten Sie – bei allem, was Ihnen Recht ist. Antworten Sie!

RICHTER

Ja.

GUTER GOTT

Auf dieses Ja folgt nichts mehr. Darauf ginge ich noch einmal hin und täte es noch einmal.

Im Zimmer des 57. Stockwerks

JENNIFER

Herein.

GUTER GOTT

Sie sind allein?

JENNIFER

Ja. Bitte.

GUTER GOTT

Ich möchte nur ein Paket abgeben. Es ist bestellt worden für Sie.

JENNIFER *ohne Bewegung*

Ich weiß nichts davon.

GUTER GOTT

Es soll eine Überraschung für Sie sein.

JENNIFER *mit schwacher Freude*

Ein Geschenk. Ja?

GUTER GOTT

Ich darf es hier abstellen? Und Sie werden nicht neugierig sein und warten, bis Sie nicht mehr allein sind?

JENNIFER

Oh, gewiß. Ich bin nicht neugierig. Ich kann jetzt warten. Warten.

GUTER GOTT *verändert*

Er wird gleich zurück sein.

JENNIFER

Ja, gleich. Er ist nur … *bricht ab* … nur für eine Weile

weggegangen, er beeilt sich, obwohl es nicht mehr eilt. Denn es ist ein Tag der Überraschungen heute. *Verstummt.* Sehen Sie, es ist ein besonderer Tag. – Danke.

Stille.

JENNIFER

Es ist gut. Danke. Sie gehen nicht?

GUTER GOTT *unbeweglich*

Sie danken mir?

JENNIFER

Ja. *Flüsternd.* Aber ich muß jetzt allein sein. Verstehen Sie. Weil heute abend ein Schiff ausläuft, das ihn mir nicht fortnehmen kann, und weil mir dann das Glück die Kleider zerreißen wird.

Gehen Sie, bitte, weil ich zu niemand reden darf. Ich liebe. Und ich bin außer mir. Ich brenne bis in meine Eingeweide vor Liebe und verbrenne die Zeit zu Liebe, in der er hier sein wird und noch nicht hier ist. Ich bin gesammelt über den Augenblick hinaus bis in meinen letzten und liebe ihn. Gehen Sie endlich. Sehen Sie mich nicht so an. Atmen Sie nicht diese Luft hier. Ich brauche sie. Ich liebe. Gehen Sie fort von hier. Ich liebe.

GUTER GOTT

Kein Brief vom Eichhörnchen?

JENNIFER

Großer Gott!

GUTER GOTT

Ein Brief vom Eichhörnchen. Darin steht: sag es niemand.

JENNIFER *furchtbar, leise*

Sagen Sie das nicht. Sie nicht. Niemand.

GUTER GOTT

Niemand weiß.

JENNIFER

Niemand.

Die Tür schlägt zu.

Musik.

In einer Bar in der 46. Straße

JAN *eintretend*

Guten Tag.

BARMANN

Was darf es sein?

JAN *zusammenfahrend*

Ich weiß nicht. Was?

BARMANN

Doppelter Whisky. Eis bis oben hin. In der Verfassung.

JAN

Ja. Aber rasch. Wie spät ist es eigentlich? Meine Uhr geht so langsam. Ich meine, die muß bald stehenbleiben, weil ich sie ein paar Tage lang nicht aufgezogen habe.

BARMANN *hantierend*

Verdammt heiß heute. *Er stellt ihm das Glas auf die Theke.* Viel kann nicht mehr auf die Stunde fehlen. Ich kann den Apparat anstellen. Dann wissen Sie's bald genauer.

JAN
Sehr freundlich.

BARMANN *während er am Apparat dreht und ihn einstellen möchte*
Das Baseballspiel ist schon vorbei. Reklame natürlich.

STIMMEN *leise, aus dem Apparat kommend*
GEHEN WEITERGEHEN GEHEN

JAN
Ich muß gehen.

BARMANN
In der 46. Straße können Sie nicht weiter. Reißen die Straße auf. Mir bleibt die Kundschaft aus. Sie müssen zurück um einen ganzen Block.

JAN
So. Ja, es ist so leer hier.

STIMMEN *leise*
DENK DARAN SOLANGE ES ZEIT IST

JAN
Noch einen Doppelten. Wissen Sie ... Ich hätte nur gerne einmal ... Ich halte Sie nicht auf?

BARMANN
Aber nein. Kenne das. Kennen niemand.

JAN
Ach nein. Das ist es nicht. Aber ein paar Worte täten gut. Nur so.

BARMANN

Sie sind ein sehr netter Mensch. *Er stellt ihm das Glas hin.*

JAN

Ist das eine Zeitung – von heute?

BARMANN

Natürlich. Nehmen Sie!

JAN

Nur einen Blick hineinwerfen … Seit Tagen habe ich nämlich keine Zeitung mehr gelesen. *Er schlägt sie auf.*

STIMMEN *leise*

KEINE GNADE DENK DARAN

JAN

Bei uns, ich meine, dort drüben, hat die Regierung gewechselt. Ich hatte keine Ahnung.

STIMMEN

KEINE GNADE KEINE ZEIT FÜR GNADE

JAN *auffahrend*

Die Zeit! Können Sie nicht ein anderes Programm suchen?

BARMANN

Kann's ja versuchen.

Er versucht, eine andere Station zu finden.

STIMMEN

hervorbrechend, von Nebengeräuschen begleitet

DENK DARAN DU KANNST ES NICHT

HALT! STEHENBLEIBEN BEI LICHT HALT!

Barmann

Versuchen.

Er dreht weiter und stößt auf die Musik, die laut hervorbricht und dann von einer dumpfen Detonation abgebrochen wird.

Auf dem Korridor des 57. Stockwerks

Frankie

Schön gestoben. Schön geflogen.

Billy

Aber er. War nicht da. Ist nicht gekommen. *Weinerlich.* Schweinerei.

Frankie

Ich hab mir den Pelz versengt. Bin fast auch geflogen. Was melden wir?

Billy

Gründliche Explosion und schlechte Berechnung. Ein Toter zu wenig. Und der Meister wartet unten in der Halle. Wollte sich's anhören.

Frankie *geziert*

Ich trau mich nicht vor ihn. Hab mein Fell versengt.

Billy

Horch! Sie kommen schon. Gaffer. Wir klettern außen herunter. Springen durchs Zimmer. Hinaus. Weg!

Frankie

Pfui, da sieht's aus. Schwarz wie in der Hölle. Brandig. Raucht noch. *Hustend.* Ach wie gut.

Im Gerichtssaal

RICHTER

Sie ist allein gestorben.

GUTER GOTT

Ja.

RICHTER

Und warum? *Gleich fortfahrend, sicherer.* Weil er plötzlich, als die Entscheidung gefallen war, Lust verspürte, allein zu sein, eine halbe Stunde lang ruhig zu sitzen und zu denken, wie er früher gedacht hatte, und zu reden, wie er früher geredet hatte an Orten, die ihn nichts angingen, und zu Menschen, die ihn auch nichts angingen. Er war rückfällig geworden, und die Ordnung streckte einen Augenblick lang die Arme nach ihm aus. Er war normal, gesund und rechtschaffen wie ein Mann, der vor dem Abendessen ein Glas in Ruhe trinkt und aus seinem Ohr das Geflüster einer Geliebten und aus seinen Nüstern den hinreißenden Geruch verscheucht hat – ein Mann, dessen Augen sich wieder beleben an Druckerschwärze und dessen Hände sich schmutzig machen müssen an einer Theke.

GUTER GOTT

Er war gerettet. Die Erde hatte ihn wieder. Jetzt wird er längst zurück sein und bei schlechter Laune und mit mäßigen Ansichten lange leben.

RICHTER

Und vielleicht nie vergessen. Ja.

GUTER GOTT

Meinen Sie?

RICHTER

Ja.

GUTER GOTT

Sind wir am Ende?

RICHTER

Gehen Sie. Den langen Gang hinunter bis zum Paternoster. Sie kommen zu einem Nebenausgang. Niemand wird Sie aufhalten.

GUTER GOTT

Die Anklage?

RICHTER

Bleibt aufrechterhalten.

GUTER GOTT

Das Urteil? Ihren Spruch – werde ich nie erfahren? Welcher Blitz schwimmt in Ihren Augen, Euer Gnaden? Mit welchem Vorbehalt fragten Sie, und mit welchem antworten Sie jetzt?
Schweigen – bis zuletzt?

Er geht, und die Tür fällt hinter ihm zu.

RICHTER *allein*

Schweigen.

»Ein großes Werk, singulär und unnahbar.«

Süddeutsche Zeitung

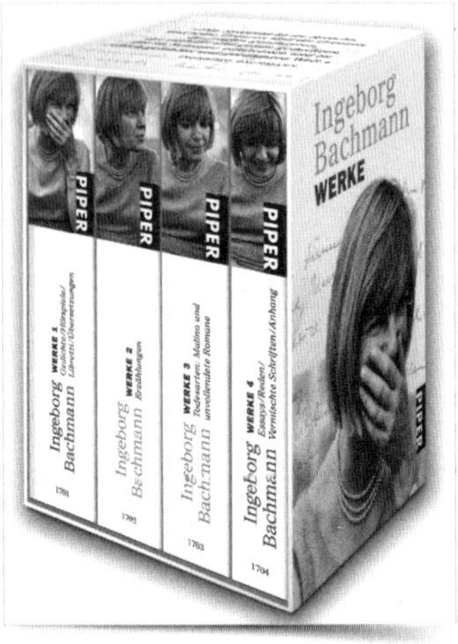

Coveränderungen vorbehalten

Ingeborg Bachmann

Werke

Piper Taschenbuch, 2336 Seiten
ISBN 978-3-492-21700-2

Ingeborg Bachmann (1926–1973) schuf mit ihrer Lyrik, Essayistik und ihrer umfangreichen Prosa eines der eindrucksvollsten schriftstellerischen Werke ihrer Generation. Die vierbändige Ausgabe versammelt alle wichtigen Texte in neuer Ausstattung.

PIPER

Leseproben, E-Books und mehr unter **www.piper.de**